U0945972

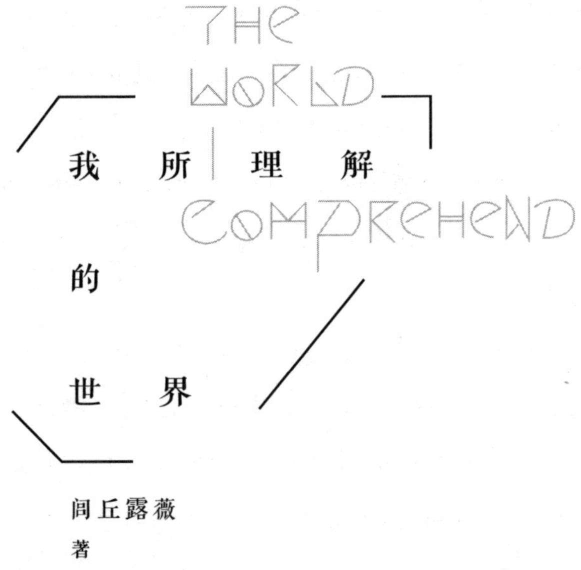

我所理解的世界

闫丘露薇 著

上海交通大學出版社
SHANGHAI JIAO TONG UNIVERSITY PRESS

图书在版编目（CIP）数据

我所理解的世界 / 闾丘露薇著 . — 上海 : 上海交通大学出版社，2016
ISBN 978-7-313-14622-9

Ⅰ . ①我… Ⅱ . ①闾… Ⅲ . ①随笔—作品集—中国—当代 Ⅳ . ① I267.1

中国版本图书馆 CIP 数据核字（2016）第 047019 号

我所理解的世界

著　　者：闾丘露薇
出版发行：上海交通大学出版社
地　　址：上海市番禺路 951 号
邮政编码：200030
电　　话：021-64071208
出 版 人：郑益慧
印　　制：常熟市文化印刷有限公司
经　　销：全国新华书店
开　　本：880mm×1230mm　1/32
印　　张：9.5
字　　数：250 千字
版　　次：2016 年 4 月第 1 版
印　　次：2016 年 10 月第 3 次印刷
书　　号：ISBN 978-7-313-14622-9/I
定　　价：39. 80 元

很久以前我就喜欢那些自以为很有感悟的话，后来，我发现那些话是那么的虚无，说的人占尽了天时地利，以一种看热闹的姿态俯视着在生活中挣扎的你，抛给你一句话，就像大海里溺水已久的人抓到了一块木板，可得到瞬时的休息，却发现那块木板无论如何也无法把你带到大海的彼岸。现在明白了“人生会怎样，不是能依靠一句话来支持的，而是依靠自己已经形成的清晰的价值观，依靠自己应对变化的能力。”

contents

目

录

第三篇：简单的理想生活

第四篇：我所理解的人生

第五篇：我想看到的世界

自序：

这是一本杂文集。里面的文章，散落在不同年份的杂志专栏和博客上面，要感谢编辑把它们串了起来。

因为写于不同年份，重读的时候，会有一种历史感，因为记录的很多事情和人，还有感触，都是在那个特定时刻出现的。而现在，物转星移，世界在变，人在改变，包括我自己的一些想法以及对事物和人的理解能力和表达能力，都会有所不同。

尽管不同，这些记录着过去的文字，至少对我自己会是一种提醒：有些地方和事情，越来越糟糕了；有些地方和事情，变得好起来了。至于人，有些越来越成熟，有些却开始越来越不愿意讲道理，为了利益，而抛弃原则。

2015 年，离开了媒体，重回校园，文章也越写越少，但是新的知识学习了不少，思考也从来没有间断过，只是觉得，至少在目前，不知道从何下笔。大部分问题，它们的前因后果，在过去的这些年里，在过去的文字和采访还有节目里面，已经谈论了太多，难以再有新意。

这也是我为何选择重返校园的原因，我相信，通过学习，至少可以自我提升，去用一些原先没有能力完成，或者根本想象不到的方式，继续自己想做的事情：用文字，分享。

因为职业的关系，走过的地方要比很多人多一些，接触的人也比很多人多一些。正因为这样，我一直努力用文字把这些记录下来，希望可以让有兴趣的朋友们，通过文字，和我一起走遍世界，去体会另一个世界人们的生活和人生。

而这本书，算是一种方式。

第一篇：

成为生活的勇士

“最令我感兴趣的是很多

看似微不足道的

小人物们的故事，

我尝试感受别人的人生，

提醒自己要保持同理心。”

了不起的少年

很多人在和年轻人争论时，最喜欢说的一句话就是："我吃的盐比你吃的米还要多。"以此证明自己更有判断力，似乎年轻人一个个不是性格冲动，就是容易受人利用。这样的逻辑其实说不通。一个没有接受过教育、生活在封闭环境中的成年人，是否真的就比一个受过良好教育，又生活在开放环境中的年轻人更见多识广，更有判断能力呢？大家心中自有公论。

所以，我一直觉得，一个人的判断和思考能力并不在于年龄，而在于其教育程度、视野和见识。

我曾经写过一篇文章，介绍一对母女：妈妈梅丽莎（Melissa）是美国的退休记者，女儿玛雅（Maya）是她收养的中国弃儿。去年暑假，妈妈带着女儿和另一位同样被收养到美国的被遗弃女孩，来到她们的出生地常州，和一位当地的同龄女孩度过一个暑假。

我一直很好奇，这段经历会让她们有怎样的感想。收到梅丽莎的邮件，附上了玛雅写的大学入学申请论文，讲述的正是她在常州三个礼拜的经历感受。

在这篇不长的文章里，玛雅讲述了自己对这片似曾相识的土地的感觉，也讲述了她观察到的自己和当地同龄女孩之间的区别。她特别提到一点：对“学习”还有“好学生”的理解。反正在中国，她无论如何不会成为老师眼中的“好学生”，因为她花太少的时间在学业上，原因在于对方无法理解课外活动本身就是学习的一部分。

玛雅最终被卫斯理学院（Wellesley）录取。这是一所历史悠久的女校，中国人对它的了解始于宋氏姐妹。不过梅丽莎告诉我，玛雅做了个决定：推迟一年入学，用这段时间去做志愿者，帮助城市中的边缘少年。

梅丽莎并没有阻拦女儿的意愿，在她看来，这反而是个很好的机会，能让女儿接触到真实的世界，知道这个世界上有太多不完美的地方。在我看来，玛雅是个了不起的年轻人，虽然只有 17 岁，但已经非常清楚自己想要在人生中做些什么了。这个决定并不是出于冲动，相反是经过了清晰的思考而做出的。她知道如果现在不去做，未来上了大学、开始工作，也许就不会果断地做这样的决定了。

2014 年的诺贝尔和平奖颁给了一个叫马拉拉的 17 岁巴基斯坦少女。其实她所做的事情，从她 11 岁就开始了：写博客，在网络上呼吁给女孩子更多接受教育的机会。结果在 15 岁时，她遭到塔利班枪击，子弹穿过了她的脑部。

康复之后，马拉拉并没有因为这次遭遇而沉默，而是继续她的目标：“要让所有的儿童，都能接受教育。”

遭到枪击前，她已经不断受到死亡的威胁，但并没有因此而停止写作。

看了马拉拉接受《纽约时报》的采访，谈到她对社交网络的看法。

她说为了专注学业，所以没有注册任何社交网站，也没有手机，只会通过 Skype 和朋友聊天。她觉得，在社交网络上传自拍照吸引别人注意，很没有意义；社交网络应该用来让人们关注更值得关注的事，比如阿富汗、印度等地的女孩权利等。

这样的口吻，一点也不像个 17 岁的少女所言。只是，17 岁的少女到底应该是什么样子呢？世界这么大，就好像成年人，同样的年龄，知识、个性都会千差万别，年轻的他们不也一样吗？

如果一个少年在学业上取得超越同龄人的成果，提前迈入成年人的世界，听到的一般是“天才”的惊呼，被夸奖智商超群、出类拔萃。但如果一个少年对世界的认知、对社会事务的判断超出了成年人，为何却经常招致成年人的批评，甚至被认为一定是被其他成年人所利用呢？

其实，每个人的成长都会受成年人的影响，而影响最大的莫过于其家人。比如，梅丽莎本身就是一个致力于女性权利的记者，最认同希拉里所说的“女权就是人权”的说法。因此她对女儿被希拉里就读过的学校录取，自然是再开心不过了，而母亲所做的一切自然对女儿有所影响，也让她更加独立。

如果马拉拉的父母也像很多其他父母那样，剥夺了女儿接受教育的权利，马拉拉就感受不到教育带给人的改变；如果在接到各种威胁后，父母不再支持女儿继续发声，那马拉拉也坚持不了那么久；如果在遭到塔利班枪击之后，这个世界没有给予马拉拉如此多的帮助和支持，马拉拉也不会走到今天。

所以，当一个个了不起的年轻人出现的时候，成年人是不是应该更有责任去爱护和支持他们呢?

用愤怒，还是用爱？

2014 年 8 月，美国密苏里州弗格森镇，一个叫做迈克·布朗的黑人男孩的死亡，让美国的种族歧视问题再次浮出水面。当我和同事从芝加哥开车赶到弗格森镇时，已经是晚上十点。打电话给在示威现场采访的同事，他说："很好找，看到警察路障就到了。"

路障很简单：两辆警车。他们截停经过的车辆，只有住在封锁区内的居民可以进入。对于我们这样的媒体，警察则很友善地指点，应该把车停在哪里。

封锁区也就几个路口，一百多名示威者拿着标语，在区内来回走动。每当他们走到 CNN 设在路边的直播区时，就会在正在做直播的记者背后停下来，喊声也会变大一些。说老实话，当我做直播连线时，也希望他们的队伍正好经过，好烘托一下现场气氛。

这天，密苏里州国民卫队已经撤离。骚乱持续了 12 天之后，已经有连续两个平静的夜晚了。

另有几个黑人年轻人在街边走过，其中一男子突然激动地大喊，其他几个愣了一下，最终决定朝与他相反的方向走去。人行道上戒备的警察被叫声惊动，有几个向马路方向走了几步，看到只剩下他一个人，也就没有进一步行动。

同事讲述前几天的警民冲突："真的就是一瞬间，原本还很平和的游行，突然有人开始向警察扔燃烧弹，然后警察开始还击。我们马上躲到我们的车后面。有人向我大叫'Help'，是个黑人。再看才发现，有个持枪的警察在追他。可是，我怎样帮他呢？"

回想当时的情景，年轻的同事既兴奋又有些心有余悸。对他来说，经历如此场面毕竟是人生头一遭。

而我在 1999 年西雅图世贸部长级会议期间，已经经历过美国警察的清场、国民卫队的出动，当然少不了胡椒喷雾和橡胶子弹。不过那时的警察装备和这次出现在镜头前的很不一样：没有装甲车，也没有军用装备。

警方使用的军事化装备，让弗格森镇成为全球焦点。骚乱刚开始没几天，我正好在宾州度假，好几个美国朋友摇头感叹："警察太过分了。"他们觉得过分的，还有向黑人少年迈克·布朗开的六枪。在他们看来，即便布朗是坏人，也不意味着他就应该受到这样的对待。况且，当警察截停他的时候，并不知道他刚刚抢劫超市。他是一个怎样的人，并不能合理化警察开枪的动机。

第二天，我再次来到这条大街，街道已经解封了，但几乎看不到人，两边商店大部分也没有开门。遭到抢劫打砸之后，很多店铺的橱窗都钉上了木板，有些写着："我们很快回来"。

街道是整洁的，因为前一天的白天，不少民众充当志愿者，自发进行清理工作，当地民间组织发起的“我爱弗格森”活动正在展开。不过对于这个活动，问过这条街上的几个黑人，他们显然并不接受，回答是：“那是白人搞的。”

弗格森镇被称为黑人小镇，因为黑人居民占将近七成，其余为白人和不到 1% 的亚裔人。但小镇的权力机构——从警队到市议会，还有公立学校的董事会，黑人则寥寥可数。

发生骚乱的街道转一个弯，就是镇中心。这里有维多利亚时代的建筑，漂亮的公共图书馆。转角一家咖啡馆把一部分腾出来，给志愿者使用。在里面，我们见到了乔，一个在当地出生长大的非洲裔美国人，她身穿“我爱弗格森”的 T 恤。

“我明白你的感受，那边是愤怒甚至仇恨，而这里则充满了爱。我想我还是希望，能够用爱解决问题，所以我来到这里，成为志愿者。其实这些天，你会看到很多非洲裔美国人来这里，就算不加入我们，也会捐钱买件 T 恤或标语牌，然后把标语牌插在自家门口。”

乔说得没错，虽然我们在咖啡馆逗留的时间不长，但已经有好几个黑人家庭走进来，买了 T 恤，留下联系方式，登记成为志愿者。和其中一个聊天，她叹了口气说：“我知道年轻人有很多愤怒，但打砸商店不是解决问题的方法。其实那些打砸抢的人都不是这里的居民。如果把这里当成自己的家，谁会这样破坏呢？”

布朗葬礼的前一天，当地黑人团体在圣路易斯森林公园举行了一个大型集会，里面有舞台、摊档、游乐设施。要不是台上提到布朗的名字，还以为是去了游园会。

这正是主办者希望给外界带来的感觉：用和平的方式维护和争取权益，只有这样才能获得更多支持。当年黑人的平权运动就是依靠“非暴力不合作”。

一位华盛顿大学法学教授对我说：“很高兴看到成年人站出来，帮助年轻人用正确的方式去表达。”

另外一种人生

第一次见到玛雅是2006年在波士顿，一个八九岁的亚裔女孩害羞地跟着我的朋友——一个50多岁的白人女性走进屋子。我的朋友向大家介绍说："这是我的女儿，她来自中国。"

那一刻，我对像玛雅这样的孩子产生了浓厚的兴趣。虽然之前在北京和广州的酒店和街头，也见过不少来自欧美的夫妻抱着领养的中国孩子，却是第一次见到一个已经长这么大的孩子。

我很想知道，当她们慢慢懂事，会如何看待自己的家庭？她们会不会对自己从哪里来感到好奇？当她们知道当初自己是被亲生父母抛弃的，会不会觉得沮丧？当她们开始有了身份认同意识的时候，会不会对自己到底是中国人还是美国人产生困惑？她们想不想了解自己出生的国家和村庄？

最近一次见到玛雅是今年暑假，在江苏常州的一家酒店里，现在她已经是亭亭玉立的少女了，还有一年就要读大学。这次，她的妈妈带着她和她的一个好朋友来到这里，她们会分别去当地的两个村庄。

16年前，玛雅和另外一个叫詹妮的女孩，在这两个相距10分钟车程的村子里被人发现，然后送进了常州的同一家福利院。之后，两人分别被美国家庭领养。很凑巧的是，这两个家庭也在同一个城市里。事实上，这些领养家庭在过去十多年里一直保持密切联系，因为这些父母发现，他们有太多问题需要相互支撑和探讨。而我也因为他们的这个圈子，花了半年的时间拍摄了一部纪录片。

在两个村子里面，玛雅的妈妈找到了两个家庭，这两个家庭各有一个 16 岁的女孩。四个女孩子会在这个暑假一起生活一段时间。

其中一个女孩过完这个暑假，就要去美国读书了，她的妈妈是当地的一名英文老师。她家很大，典型的江浙一带的农村别墅。奶奶一个人在家，一说起马上要去美国读书的孙女，就开始担心她一个人在外是不是能够照顾自己。奶奶说，自己生了三个儿子，结果三个儿子生的全是女儿，死去的老公常常念叨，觉得香火要断了，不过她从来没有给过儿子儿媳们压力："他们自己决定，再说，养一个孩子，很辛苦的。"

另外一个女孩，家里条件差很多，从她家的房子就可以看出来。她的父母早就过世了，她从小由伯父母养大。她读书很用功，也因为这样，家人对她寄予厚望，希望她将来能够考上大学，出人头地。面对在同一个地方出生，却又来自远方的同龄女孩，她显然有点不知所措。

这是玛雅第二次来常州了，上一次是在她五岁的时候，妈妈带她找到了当年发现她的派出所，然后又去了她曾经生活过一段时间的福利院。不过当我四年之后问她的时候，她已经对当时的这些回忆没有什么印象了，看着那些照片，就好像听妈妈讲着别人的故事一样。但是这一次，看到她和詹妮忐忑而又期待的神情，我知道，对这两个女孩子来说，这一次的回乡之旅，意味着太多的东西。事实上，如果不是因为詹妮答应一起来，玛雅说，她担心自己没有足够的勇气去面对这个陌生的环境和陌生的同龄人，还有她的家人。

玛雅的妈妈有一个计划，她正在制作一部纪录片，希望能够向外界讲述关于这群来自中国女孩子们的故事。她还想筹款建立一个基金会，专门帮助中国那些被抛弃的女孩子们。在波士顿火车站，她向我详细讲述了自己的计划，她说，她已经60多岁了，而她是玛雅在这个世界上唯一的亲人，她希望能够为女儿留下些什么。

从1992年开始，中国有了涉外领养制度，目前和17个国家都有领养关系。中国超越韩国，成为了美国最大的儿童送养国，到2011年为止，有12万儿童被美国人领养。在这些孩子里面，健康的女婴占了绝大部分。最近几年，重男轻女的观念有了改变，很多家庭宁愿交罚款，也要自己养大孩子。福利院开始出现越来越多的残疾婴儿。相比抚养一个健康女孩，养大一个残疾儿童对很多父母来说，依然是沉重的责任。

出生在同一个村庄的女孩们，现在只能用肢体语言来进行交流。不管是走在村庄还是常州市的街头，即便玛雅和詹妮还没有开口说话，依然可以强烈地感觉到她们和当地同龄孩子的不同，她们不是这里长大的孩子，可是她们真的出生在这里。

想象这些女孩刚出生时的样子，那样的脆弱，就好像随风飘流的落叶，因为父母所处的时代，因为父母的一个决定、一个选择，于是她们当中的一些人就有了另外一种人生。

面对这样一个勇敢的女孩

知道马拉拉，是因为她遭到了塔利班分子的枪击。原因是她通过自己的博客，鼓励巴基斯坦的女孩接受教育。

让女孩接受教育，这个再平常不过的要求，在塔利班看来，是大逆不道的事情，于是他们选择了一种方法来阻止这种理念的传播——从肉体上消灭传播者。

塔利班之所以这样做，是因为他们明白，他们无法从精神上摧垮马拉拉。可以想象，在枪击事件发生之前，在国际社会对这个女孩给予关注之前，她就是当地一个普通的女孩，如果说她和别的女孩有什么不同，那就是，她不仅仅自己去上学，还关心那些没有机会上学的女孩，并且把这种关心大力宣扬。而在一个人们还无法接纳女孩接受教育的地方，这么做是需要勇气的，因为这是在挑战当地的习俗和传统观念。

这是社会发展的必经过程，只不过有些地方走得快，有些地方走得慢而已。就好像在美国，1920 年女性才有投票权；在香港，20 世纪 70 年代才实行一夫一妻的婚姻制度；而在中国大陆，现在才开始讨论关于家庭暴力是否应该立法的问题。

用开枪的方式让一个女孩子闭嘴，无疑是懦弱、残暴和专制的行为，因为这样做并不能从精神上摧毁对方。使用这种方式的人很多，比如，不久前在肯尼亚商场发生的恐怖袭击事件。这些人试图用暴力迫使别人认同自己的信仰，用暴力消灭他们眼中的异教徒。这样的事情，在宗教历史上曾经发生过无数次，即便人类发展到今天，同样的思维依然存在于很多人的脑中。

他们拒绝接受改变，也不允许别人改变。

因为及时的治疗，想要让马拉拉无法开口的人没有达到他们的目的。因为枪手的暴力，也让关注她的人遍布全球。因为马拉拉的勇敢，她继续为贫困地区的女孩们发声，她的声音已不仅仅在网络上传播，还在巴基斯坦的女孩子当中传播。她站在联合国的讲台上，对着台下的美国听众说：“即便是在美国，大家还在等待第一个女总统。”

很多时候，孩子们如此的无畏，也许是因为他们还没有机会接触到世界的险恶，用大人们的话来说：无知者无畏。但是面对马拉拉这样的女孩，大人们是不是应该觉得惭愧？因为她所争取的权利其实是那么的微不足道，本来就是成年人主导的世界应该给予保障的。但事实上，正是一些成年人把这个权利从无数女孩子手里夺走了。

如今，当马拉拉得到众多赞扬和表彰的时候，我看到的是成年人的世界所给予这个孩子的补偿，因为她在做着原本应该是成年人做的事情。她原本只需要好好读书、快快乐乐上学就可以了，不需要承受如此重大的责任。

很多人总是说，这个世界只有等着下一代去改变了。听到这样的话，我总想问：为何不从自己开始，为何总要把责任留给下一代？如果我们足够负责，我们不是应该给下一代一个无忧无虑的环境吗？至少，应该让马拉拉们可以不需要为上学的问题而担心，更不会被极端分子当成需要消灭的目标。

然而，太多的成年人，一方面轻巧地把责任推卸给下一代，为自己的不负责寻找借口；一方面又挥霍着属于下一代的资源，对此面不改色。不知道听到马拉拉们的声音，他们会反省，会改变吗？

想得太多？

2012年，美国公众和媒体都非常关注一个案件。前宾州州立大学足球队助理教练，因为曾经性侵犯十名男童，被控48项性侵犯罪行。最后，陪审团裁定了其中45项罪名成立，法官会在几个月后宣判，预计刑期会超过四百年。因为如此，有媒体在头版刊出大标题：他将会老死狱中。

因为被批评对男童保护不力，这宗个案最终导致大学校长辞职下台。不过，那名68岁的教练自始至终都觉得自己没有错，甚至还想要进行自我辩护。他被八名已经长大成人的男性指控——当年，他利用男孩崇拜运动员和想免费看球赛的心理，邀他们一起外出旅行，和他们一起冲凉，还在地下室玩性游戏。这些受害者的讲述，让不少人当庭落泪，因为这些童年往事，成为了这些人成长中的阴影，挥之不去。

这宗案件之所以引发了全美的关注，并不是因为公众的猎奇心，而是一种诧异，因为对于未成年人来说，不管男女，进行性侵犯都属于犯罪，这早已经是一个常识。

国外媒体对这方面的报道其实这些年来已经很多，之前罗马天主教会的丑闻，导致教皇遭遇民众示威抗议。克林特·伊斯特伍德在2003年还导演过一部叫《神秘河》（Mystic River）的电影，讲述了波士顿天主教神父绑架并性侵男童的个案。所有这些，让越来越多的公众知道，虽然有法律的制裁，但是因为人性的阴暗面，因为恐惧而保持沉默，因为纵容，这样的事情依然会在生活中发生。因此社会更有责任提供一个让儿童更加安全，远离性侵犯、性暴力的环境，这也是中国也早已经加入的国际公约的目标。

这宗案件之所以到现在才曝光，是因为受害人如果没有告诉家人，或者家人没有起诉的话，需要等到受害人到了 18 岁成年后，才能作为诉讼人提出控诉。而在纽约，受害人可以在年满 18 岁之后的五年内决定，是否把对方告上法院。

每每看到这样的个案和报道，一些人会拿来作为邪恶资本主义的例证，甚至得出这样的结论：就是因为西方社会过于开放，尤其是在性观念上，所以才会出现这种道德败坏的事情，所以在中国，更不能够对儿童进行性教育，因为会降低他们的道德水平。

只是，很可惜，人性是不分东西，不分国界的，在别的社会看到的黑暗面，只要是因为人性，在我们生活的地方同样不会幸免。正因为这样，才需要有法律，让违法者付出代价，也对其他人提出警醒。我们还要有道德，因为道德水平的不断提升，才能够推动社会从荒蛮走向文明，而法律，是保障文明向前走的有效强制手段。事实上，越封闭的社会，这样的行为越多，之所以看不到、听不见，是因为在大部分人眼中，这根本不是问题。

就好像天主教会，从中世纪开始，就已经有关于性侵犯男童的记录，但是那个时候，这样的行为甚至形成了一种文化，不管是公众还是当事人，都不觉得是问题。而现在，当这样的行为不再是文化，而成了犯罪，公众便不再视而不见，不再容忍了，这都是社会进步的证明。

就在前些天，在中国的媒体和网络上，大家关心的是一名 13 岁的男童被两名成年男性用气枪向肛门充气从而导致生命危险的事情。公众很愤怒，但是大家避而不谈一个问题，那就是在这样的行为里面的性侵犯的成分。

当我在网络上谈到这一点的时候，有不少网友认为，这只不过是两个成年人无知残暴的玩笑而已，甚至有人批评我，想得太多了，“思想太肮脏”。只是，当两名成年人，扒开这名男童的裤子开始，性侵犯其实就已经开始了。无知，并不能改变行为的性质。

如果看过小说《追风筝的人》，可以了解到，在 20 世纪 50 年代的阿富汗，这样一个保守而封闭的社会，即便是未成年人，也会在同性之间用性侵的方式来显示自己的强势地位。当然，对于他们，或者他们所处的社会来说，这是一种文化，或者是习气。性侵犯，是一个他们从来没有听说过的词汇。

很多人不清楚如何界定性侵犯，而且拿性器官开口头玩笑，这在中国也是一种文化。至于身体接触，很多人会说，同样是玩笑而已，正如那两个成年人，只不过，他们的玩笑开大了。试想一下，如果不是充气导致的身体伤害，而只是扒下男孩的裤子，就没有问题，就不需要承担法律责任了吗？

宾州的检察官希望这宗案件的审判能够让更多人正视青少年遭到性侵的情况，也鼓励更多的受害者走出来，让犯罪人受到法律的惩罚。大家关心这个 13 岁男孩的生命安危，是不是也应该关心因此而暴露出来的问题？我们的未成年人怎样才能生活在一个更安全的社会中？

不过，如果意识到有性侵犯的成分在里面，当事人又没有成年，媒体至少有责任为他的身份保密，除非获得家长的授权同意，毕竟当他长大，不想让身边的人都知道自己曾经有过这样的经历。只是在这一点上，我现在来谈，显然多余，也很遥远。

读书的条件

朋友家的保姆暑假把儿子接到了深圳。对于白天要工作的夫妻两人来说，一直把孩子留在乡下，是因为没有时间照看，这次终于下决心接回来，又是因为，上小学的儿子考试，语文作文拿了零分。

作文的题目是写儿童乐园。保姆的儿子对妈妈说，自己从来没有去过儿童乐园，不知道该怎么写。朋友和我聊起这件事情，觉得非常感慨，她特地让保姆早点回家，可以和儿子多相处一会儿。

同样是在上小学的朋友的女儿坐在我们一边，一直在听我们聊天，她插嘴问了我们一个问题："就算没有去过，难道他不知道编吗？我写作文，很多都是编出来的。"

我和朋友异口同声地回答："编，也要有足够的想象力才行。"

不过，小朋友显然理解不了我们的回答："难道他没有看过电视，没有看过书？上面肯定有关于游乐场的东西啊。"

只是，这个来自乡下的孩子，可能真的连在电视上，或者在书里面看到游乐场的机会都没有。朋友曾经把女儿看完的两本儿童书送给保姆，保姆告诉她，孩子喜欢得不得了，把书都翻烂了。

最近，很多人都在谈论，为何大学里面，来自农村的孩子比例越来越少。想想自己读书的时候，20世纪80年代末90年代初，大学里面从农村来的同学还是很多的。回想了一下，我自己大学同班同学应该就有一半是来自农村，甚至是偏远山区的。虽然，她们刚来的时候，无论是谈吐，还是见识，尤其是英文，都与来自城市的同学有一定的差距，但是四年之后，大家的水平已经基本不分上下了。大学还是为这些孩子提供了一个很好的成长和改变的环境。

香港的一批学者原本准备做一个课题，比较北大20世纪90年代和现在，来自农村的学生比例有怎样的不同。遗憾的是，因为拿不到数据，只好作罢。

我相信，只要能够考上大学，就算家境贫困，还是有办法负担大学的开支的。这一点，学校和政府毕竟还是有一系列的资助措施。而现在的问题在于，不要说农村的孩子，就算在城市里面，差距从小学开始就已经拉开了。

如果支付不了赞助费，那你要想进入好的公立小学，除非正好住在这个学区里面，或者挤破头，花光积蓄买那个学校附近昂贵而性价比低的学区房。因为同样都是公立学校，师资水平相差很多，而就目前的情况看，好的只会更好，而差的，只会越来越差。这样的差距，在孩子进了中学后又将进一步拉开。而如果要比较城市和乡村的学校，那简直就不是同一个量级的。虽然就目前而言，高考依然是最公平的一种自由录取选择方法，但是正如那个保姆的孩子不知道如何写“儿童乐园”的作文一样，看似公平的试题，对于来自不同地方的考生来说，其实隐含着很多的不公平。教学水平的差异，个人见识的差异，这些自然会影响学生的思维和表达水平。

日本和德国的公立教育是不分地区的，所有学校必须保持同等的投入以及质量。如果做不到这些，其实还有一点可以做，那就是公立大学招生中，为农村地区的学生保留一定比例的名额。其实不要说美国的公立大学，绝大部分的常春藤大学也会这么做，这和学校的办学理念有关。我们中国的公立大学，尤其是那些名校，有时候需要问问自己：大学可以为社会进步做些什么？

我这样看你，你那样看我

北京三里屯越来越国际化。当然，这种感觉并非来自那些遍布世界的连锁商店，或者摩登的建筑，而是在 village 中间的空地上，每次走过那里，只要天气不错，总是可以看到背着背包的外国游客悠闲地坐着；经过身边的时尚年轻人，说着各种语言，或者中国方言。所谓的国际都市，如果没有来自世界各地的人，也只不过是自己给自己安的一个名分罢了。

人多，自然会在其他地方出现问题，治安是其中之一。因为，越是繁荣的地方，越是意味着机会多，来此寻找机会的人就络绎不绝。而这些人里面，自然会有本身经济基础不错的，希望更好的；也会有无法在家乡找到机会，希望在一个新大陆寻找希望，可以让自己从零开始的；甚至，有的人只不过是想糊口而已。这些人可能来自小城市，也可能来自乡村，还有的来自其他国际大都市，自然也有来自比中国更落后的国家的人。形形色色的人，成为了这个城市的一部分。

我想起一个医生朋友说过的一句话。在她眼里，只有病患，没有病患的身份，她或者他到底是一个怎样的人，不管是国籍还是种族或者品行，都不在考虑之列。同样的，当我们谈论一个城市的治安的时候，需要考虑的只有罪行本身。

最近，一个英国人企图强奸一名中国女性的视频在网络上大热，不少网友义愤填膺。这些愤怒如果是针对这样的行为，那可以理解，因为一个文明和法治社会，必须要让这样的人接受法律的制裁。虽然法律无法杜绝所有的犯罪行为，但是至少可以让人知道，犯罪是要付出代价的。但是太多人把矛头指向了外国人，这里面就弥漫着一种义和团式的火药味儿了。我想应该将心比心地这样想：如果有一天——其实不是如果，而是确实在生活中不断发生了——一个中国人在国外犯了法，大家会觉得，他，能够代表所有的中国人吗？如果别人因为这个中国人，而认定所有的中国人都是垃圾，大家是不是会觉得这样想的人脑子有问题？那不是太狭隘，就是歧视！

北京市要清理在京外国人中的“三非”人员：非法入境，非法居留，非法工作。很多人马上把这件事和英国人事件联想起来。其实，不如尝试就事论事：从执法的角度，这样做是对的，而且本来就应该这样做，而不是以此回应民间的某种情绪。不过看完通告，会产生这样一个疑问：“三非”人员自然违法，但是“三无”人员，无固定住所，无固定收入，无固定工作，如果对方有合法和没有过期的签证，这样算是违法吗？同样的，如果是“三无”中国人，算违法吗？

这个问题对我来说，依然不需要考虑种族和国籍，我只考虑一点：是否违反了法律。倒是有一些建议：比如在签发签证给外国人的时候，是否可以建立一个黑名单？如果对方是被通缉的罪犯，或者曾经有过犯罪记录，特别是在中国，是否在签发签证的时候需要更加慎重？

很多时候，当你和外国人聊起中国人，对方能够想到的不是李小龙的功夫，就是唐人街的中国菜，或者是徜徉于各大名牌店的新贵，还有学霸……这让人非常着急，因为对方看不到中国人和他们一样形形色色。但是，当我们聊起外国人的时候，是不是也同样把他们代入了一些简单的标签里面，也忘记了，他们和我们一样，形形色色，有好有坏，有穷有富，有聪明有愚笨？

很多事情，反过来思考一下，其实，就那样简单了。

城市中历史的痕迹

一个北京市民带着我和我的同事来到了菜市口的一个胡同，这里是康有为的故居。

下了车，经过一个大型楼盘，上面写着极其吸引人的广告标语，“二环最后的小区”，显示着这块地皮的稀缺，也预示着未来在这上面盖起来的高楼的价格不菲。走到胡同口，我有点怀疑这个热心的市民是不是带我们走错了地方。胡同夹在几座崭新的住宅大楼和宽大的马路中间，一副破败的样子。毋庸置疑，这个地方的最后结局就是很快会被夷为平地。

胡同窄窄的马路两边，到处都是拆迁的标语，比如鼓励大家快点搬走，早搬可以早分到好房子。走到胡同的中间，我们在一个茅草丛生的门口停了下来，门的右边挂着一块牌子，注明这里是“北京市级文物单位”，这里就是康有为的故居。

走进去，一个典型的大杂院，只要是能造房子的地方，都盖了大大小小的房子。现在人都搬走得差不多了，墙上用红漆标注着数字。康有为的七树堂门口变成了垃圾堆，树早就没有了，留下半棵枯树被当作了现成的电线杆。

我真的很惊讶。我总是以为，既然已经挂上了文物的牌子，那么房子一定可以保留下来。然而，看了下开发商贴在楼盘外面的效果图——角落里有一个现代四合院的图案，想必就是这个地方未来的蓝图。不知道是重新设计，然后挂上康有为故居的牌子，还是会变成一个用康有为故居作为噱头的高档会所。

离开康有为故居不远，这位市民带我们走进另外一个大杂院。他说，他在院子里面找到了一个有百年左右历史的牌匾，是当时一位很有名的书法家写的。而这个大杂院，曾也是一个非常有名的国民党将领住过的地方，不过很快也要被拆了。

这是一个热爱北京宣南文化的当地人，他利用自己的业余时间，在胡同里面寻找那些有着不同故事的四合院，重新拼凑着宣南文化[①]。他和其他同道者一起，编制了一份详细的会馆地图，希望能够保留这些地方。然而，结果让他们一次次地失望。曹雪芹故居没有了，梁思成、林徽因故居没有了，就连梁启超的故居，传闻也要被拆除了。在这些北京人眼中，这些故居就是构成北京历史和文化的实实在在的东西。当人们谈论古都北京、文化名城北京的时候，这些东西如果没有了，那文化和历史就变成了空壳。

其实不单单是北京，中国的其他城市也是一样，当农村快速地消失，

①在清代宣武门以南地区被称作“宣南”，大体上为原宣武区的管辖范围，这一片具有独特意蕴的地域文化，被称为“宣南文化”。

城市变得千城一面的时候，有多少人意识到，我们正在埋藏着的历史？我们快速地向前走着，留给我们后代的，是一个他们不知道如何走过来的现在，而在这样的姿态下成长起来的下一代，是不是也会像我们这一代一样，将来快速地把我们这一代的东西抛弃呢？

一个同样关心北京历史和文化的大学教授，讲起她的一个学生居然不知道谁是孙中山，这是让她到现在也无法接受的现实。但是问题是，如果我们的教育，我们生活的地方，是看不到历史的痕迹的，那又如何能够责怪我们的下一代呢？

我告诉教授，我听说后海的银锭桥被拆了，深觉可惜。她笑了，说我走过的那座银锭桥早就是复制品了，原来的那座在20世纪60年代就被拆掉了；而我看到的后海，也早已经不是原来的面貌。只是，只有生长在那个年代的人们才会有这些实实在在的记忆，我们走在后海的时候，不会有他们那样的惋惜。

我终于见到了华新民，她是一个为保护北京胡同和老宅子一直四处奔走的老北京。她讲起2005年的时候，看着自己出生成长的房子被拆掉，眼泪在眼眶里面打转。虽然已经过去了那么多年，她现在住的地方在外人看来也很舒适，但那是一个家族的记忆。在她看来，根，从此断了。

为了保护这些老房子和胡同，她曾经用文化和历史的名义，希望去感动主管官员，感动发展商，影响民间舆论，偶尔也成功地保住了一些房子。但是很快，她发现，自己需要的是法律。因为很多老房子和土地是有主人的，主人是有所有权的。因此最重要的是，只有把已经明确的产权拿回来，才真正有可能把这些老房子保留下来。不然，土地被卖了，建在上面的房子被留下来的可能性非常小。

她带着我们去了一家依然坚守在已经被拆得不成样子的四合院里面的人家。站在废墟中，我的周边是现代化的高楼。我知道，我站的这个地方，发生的事情，不仅仅关乎北京，而且关乎中国很多人家现在的处境。如果我们不停下来好好想想，去寻找解决的办法，未来，这些事情还会发生在其他人的身上。

关于活熊取胆

眼前的一只只月熊活泼可爱，站在那里，昂头看着上面围栏边站着的我们。它们的身体语言和眼神，让我们觉得，它们好像是在等待人们快点喂食。而在我们的脚边，每隔几米，就放着一个塑料桶，里面装满了胡萝卜，还有切开的苹果。

这是饱受争议的归真堂，为媒体还有社会人士专门设立的开放日。在我们眼前的，都是1到3岁的小熊。它们还没有到接受无管引流的年纪。在采访的时候，一旦我用了“取胆”这个词，工作人员就会纠正我说，应该用“引流”。其实两者没有实质性的差别，都是从活熊的身上取出原本属于它身体一部分的胆汁，只不过后者不像前者，会让人产生太直接的想象。用传播学的理论来说，这属于宣传的手法之一，通过非直接描述的语言，降低公众的抵触和反感情绪。

一起来参观的同行和社会人士忙着喂食这些小熊。而它们争抢的时候，或者成功用嘴巴在空中接住食物的时候，那憨憨的样子，不停引起大家的笑声和夸奖声。我有些不知所措，站在那里，看着脚边的塑料桶，不知道应该拿还是不拿，总觉得有一点点不对劲的地方，因为大家原本是带着一种要为月熊寻求公义的心来到这里的。

我忽然想起了电影《猩球崛起》，当主人公——那只名叫凯撒的猩猩长大以后，它的智商其实已经和人类少年没有不同，它渴望和人类平等相处，但是它的主人不管多么爱它，也只是把它当成一只动物，它必须戴着颈绳外出。这在主人看来是理所当然的，但对它而言，这是一种耻辱。同样的，我在这里依然用“它”。

当然，这只是电影，没有人知道动物真正的感受，所谓的感受都来自于人自己的判断，也源自于人的道德要求。也因为这样，关于活熊取胆，才会产生这样的争论：“你不是熊，你怎么知道它是痛还是不痛？”

我站在那里很久，最后还是从塑料桶里面捡起一块食物扔了下去，看到一只小熊抢到了食物，趴在地上专心地抱着吃，我也变得高兴起来。只是，这种高兴只持续了很短的时间，我再也没有兴致去看它们那等待和争夺人们扔下去的食物的样子，我很迷茫。

当我拍摄完取胆过程，问完问题，准备要走的时候，那个带着口罩和眼镜，刚刚为我解释完整个过程的工作人员，忽然激动地拉着我的手说：“你倒是说说，那些网站上，还有媒体刊登的照片，那真是我们归真堂的？”我知道她说的是那些穿着铁马甲，被关在铁笼子里面的黑熊的照片，如果看过那些照片，再来到这里的话，会觉得反差太大。“我们怎么会虐待它们呢？高质量的胆汁需要健康的熊，这是3岁小孩也懂得的道理。”

我明白她的激动和委屈，作为这家企业的员工，看到那样多的谩骂，心情不会好到哪里去：难道自己在做一件伤天害理的事情吗？而他们还会有另外一种担心：这家公司究竟能不能维持下去，自己的这份工作，还能做多久。

几天之后，我来到了亚洲动物基金会在成都的黑熊救护中心，中心的墓地里埋藏着100多头死去的黑熊，它们都是因为细菌感染，或者是癌症而死，所有的这些，都是因为活熊取胆引发的。

基金会的创办人谢罗·便臣站在墓地前，问我这样一个问题："我不明白，那些养殖场的人为何会那样对待黑熊？他们难道不知道，不管怎样的取胆方式，都是不人道的，都是会伤害熊的吗？"

我想起了那个激动的归真堂员工，我想她是真心认为，他们已经用很人道的方式来对待黑熊了，他们同样认为，他们从事的工作是对社会有益的，毕竟还是有很多人相信，熊胆可以治病救人，无可替代。关于这一点，就算是中医专家之间，也持有不同的看法。同样，中国的消费者到现在为止，也远远谈不上达成共识。

救护中心的每头被救护的黑熊都有一个名字，也有它们自己的故事。在这个地方，让它们生活得更好，不是为了能够从它们身上获取任何对人类有用的东西。

我忽然明白了我在归真堂的那种困惑。因为在那里，熊只不过是人类的生财工具，无论它们的生活环境比以前有怎样的提升，取胆的技术有多么发达，不管它们到底是痛还是不痛，它们和人的这种关系从来就没有改变过。

归真堂的负责人接受访问的时候对我说，养熊这么多年，总是会有感情，在公司创办人的眼中，这些熊就像她的孩子一样。我实在忍不住反问：人很少会利用自己的孩子来谋取利益吧？生意就是生意，打情感牌，只会显得更加虚假。

只是，这样的生意至少现在是完全合法的，不管动物保护组织、动物保护人士怎样反对。同样，至少在一部分公众看来，自己是可以从这样的生意中通过买卖而得到好处的，而如果这种好处，只不过是牺牲了动物的一点权益，对他们来说根本算不上什么吧？大家都习以为常地觉得，这个世界本来就是以人为本的，其他资源，不都是为我所用吗？

遭遇家暴之后，你该怎么办？

有网友留言，自己刚刚遭遇了家暴，怎么办？我提议报警，对方很快回复："没有用的，试过了。"

我不知道接下来可以怎样帮她，因为如果报警都无法保障她的人身安全的话，那就还剩一个选择，就是离开这个家，远离施暴的另一半。但是我知道，要这样做很难，有的人不知道自己可以去哪里，或许到最后，离婚还算是比较圆满的结局，至少不会再遭受更大的伤害，甚至酿成悲剧。

一名在英国读了七年书的女孩，当她坐在我面前的时候，我无法想象她是一个已经经历了两年半家暴的人。和其他人不太一样的地方是，当自己的丈夫第一次动手的时候，她报警了。当然，报警的结果让她很是错愕，因为警察告诉她，如果要刑事拘留，那么两个人要一起拘留，因为她还手了。

于是，当下一次家暴发生的时候，她只是用手护着自己的脑袋，然后，她继续报警，但是警察告诉她，这依然属于互殴，因为她踢了对方一脚。尽管她告诉警察，那是她本能的反应，她根本不知道自己踢向了哪里。

最后，她要起诉自己的丈夫，却被告知，只要还有夫妻关系，法院是不会受理的。于是，她离婚了。

我问她为何不早点选择离婚。她说因为她一直以为，只要通过报警，让丈夫受到惩罚，他就会明白自己错了，然后会改。因为她在英国的时候，也见到过这样的夫妻，家暴发生之后，妻子报警，丈夫接受了强制性的心理治疗，之后，这对夫妻继续他们的婚姻生活，再也没有发生过这样的冲突。她相信，因为相爱，只要对方能够知道这样做是不对的，只要能够让对方看到自己的错误，那么两个人就可以从头开始。

只是，她最终发现，自己错了，因为在中国的法律里面，家庭施暴者是不需要负法律责任的，但她坚持要刑事诉讼，虽然艰难，而且甚至连法官都觉得不可思议，但她就是想让自己的前夫明白，每个人都需要为自己的暴力行为负责任。

她的目标是否可以达成，这很难说，因为在这样的大环境下，她的前夫可能非但不会因此而看到自己的错，反而会更加恨她，就像她前夫的家人一样。因为在他们看来，自己的儿子没有错，是这个女孩正在断送儿子的前途。她可以感受到他们那种发自内心的仇视。

不过对于这个女孩来说，这些都不重要，最让她无法接受的是，法律并不保护家庭暴力中的受害者。当受害者想要走法律程序来保护自己的时候，她发现，她所走的每一步，都充满了障碍，而且无法走通。每次报警，警察都没有存档，后来因为她提出刑诉，才开始提供各种证明，但这早就不是当时的现场记录。虽然她的鼻梁被打断了，但是根据中国的法律，最终还是因为眉骨骨折，才算是轻伤，可以追讨赔偿。

这是个善良的女孩，言谈之间，她真心地希望自己的前夫可以因为这件事情而改变，这也是为了他的将来着想。她也希望通过讲述自己的经历，可以让公众关注到家暴立法的重要性。因为如果走不通法律的途径，那么被施暴者就无法保护自己，也无法寻求公正和公平。

离婚只算是一种解脱，但是离婚并不会让施暴者受到应有的惩罚。如果暴力发生在不相识的人之间是违法的，为何在相识，甚至是关系亲密的人之间，非要闹出了人命才看得到法律的身影呢？

不要成为自己反对的那种人

差不多深夜 12 点，窗外响起一声枪响。这样的情节发生在班加西的夜晚再正常不过了，太多用开枪的方式来发泄的年轻人在这个城市里蠢蠢欲动。不过，这次随之而来的是争吵声。我从房间的露台探头出去察看，楼下的酒店门口，守卫的士兵正在和几个当地人推推搡搡。

两个星期前，班加西发生了自从反对派控制这个城市之后的第一次汽车爆炸事件，之后，这家住满了外国记者的酒店门口就加强了警戒，没有登记过的车辆都不允许开到酒店门口，大堂里面那个原本只是当成装饰品的 X 光机，终于真正派上了用场。2011 年的班加西，是武力反抗卡扎菲的根据地。

保持警觉心，这对于反对派来说确实有必要，在这个城市里面，卡扎菲的支持者正躲藏在不为人知的角落。而就在几天前，我们正要采访过渡政府的一个大会，在我们准备拍摄会场外景的时候，一声枪响从我们头顶掠过，会场外的墙身上立马就留下了一个拳头大的弹孔。尽管现场守卫的反对派武装快速地冲出马路，但是枪手已经消失在马路对面的农庄里，无影无踪。

但是过于神经紧张，往往会出现过度用力的情况。楼下的争吵，十分钟后结束，显然这几个当地人终于被证明自己没有问题，还好大家都熟悉了枪声，不会受到任何惊吓。但是这些日子，即便是记者的采访，也开始受到这种紧张状态的影响。

一名摄影记者拍摄油站排队的人龙，结果被送进了警察局呆了整整三个小时。在当地人眼中，这个记者不怀好意，他的照片会被卡扎菲利用来进行宣传，更是夸大了班加西不好的一面。实际上，排长龙只是因为周五部分工作人员休息，而事实上周六就一切恢复正常了。

我也遇到过类似的情形，在埃及大使馆门口拍摄那些等待拿回自己护照的人群，被当地人包围，指责我们这样做是在帮卡扎菲宣传。而其实导致这种混乱场面的是埃及大使馆，他们宣布了要申请签证才能进入埃及的新措施，三天之后又突然宣布取消，搞得大家措手不及。当然，我们最后还是顺利地完成了采访，因为另外一批当地人帮我们辩护，大声地反问那些指责我们的人："我们现在难道不是一个自由的国家吗？"

这样的场景，利比亚人不会陌生。因为缺乏安全感，卡扎菲才会限制民众的自由，不管是言论还是行动，轻易就把民众定义为精神病或者政府的敌人。为了避免政府认为的负面新闻得以传播，为了把媒体牢牢地控制在手上，确保不会被敌对势力利用来进行"宣传"。

走上街头的利比亚人反对卡扎菲，要为自己争取自由，但是他们当中的不少人，却无法摆脱极端的思维模式，结果用自己反对的人所使用的方法和思维，甚至是语言来对待其他人。他们忘记了，即便是和他们意见不和的人，甚至是站在对立面的人，用这种被证明是错的方式来对待，最终会让自己也变成自己反对的那种走入极端的人。

不管是向左，还是向右，殊途同归。

这样的情形看到得多了，我总是会拿来提醒自己，在思考问题的时候，尽量不要走入极端。在我看来，产生极端往往就那么几个原因，有的是为了不择手段地满足自己的私欲，比如历史上的那些独裁者；有的是带着受害人的心态，比如持续了60多年的以巴冲突；还有，则是因为思维的惯性，而这种惯性当然是因为生活的环境以及所接受的教育打下的烙印，在教育被政府控制的地方，这当然是政府想要的结果。

在网络世界中，这种现象非常普遍。有的人会用完全排斥的态度，甚至运用各种手段去封杀，去对待那些在他们看来属于极端的表述，有的人则总是带着阴谋论、利益论，或者是道德优越感，去定义和分析所有的事情，并且坚信自己才是正确的答案。

一个民主透明的制度，可以降低极端主义侵害社会以及民众的风险。以利比亚的反对派制定的后卡扎菲时代的路线图来说，很显然，这是他们正在努力的方向，虽然在进行的过程中，他们所痛恨的极端表现，如果不警醒的话，不可避免地会影响到这个进程。但是只要坚持程序正义，而不是只看重结果，这些影响不会改变大的方向。

当然，除了警醒，还要有足够的耐心，至少在我写这篇文章的时候，虽然相信利比亚人能够实现这个目标，但是却不知道需要多长的时间。

希望

我们在班加西的翻译哈迈德，这些日子总是显得非常的彷徨，因为他的人生在这个时候发生了不少的变化，也面临着一些选择。

哈迈德是一个建筑工程师，原本在利比亚有着一份令人羡慕的工作，在大部分大学毕业生只能够拿到 1000 多人民币工资的时候，他每个月的工资是平均水平的四倍。不过很不走运，还差三天就满一个月拿到工资的时候，冲突开始了，公司关了门，老板不知所踪。但是他很快找到了另外一份工作——司机兼翻译，平均每天 200 美元的收入，远远超过他原本的工作。

哈迈德的妻子是美籍利比亚人，因为这样，这些天，他的绿卡申请批下来了，他只需要到突尼斯的美国大使馆进行申请，很快就能够和妻子一起去美国了。

这原本是令人羡慕的事情，他也知道，多少人希望能够拿到美国绿卡，但是坐在市中心的咖啡馆内，他显得心事重重。“我不知道是不是应该在这个时候去美国，你看，卡扎菲下台之后，这里有那么多的机会。”

利比亚对于外资投资的限制很严，95% 的国民生产总值来源于石油出口。对于像哈迈德这样的人来说，即便富有才华，或者满怀抱负，如果家族和政府没有太密切的关系，除了打一份工，很难有其他的发展机会。也因为这样，他一直想离开这个国家。

但是，正是因为缺乏发展，这个地方也蕴藏着巨大的机会。我们经常和他开玩笑："不如找个中国厨师，和他合资开个中国餐馆或者日本餐厅。"哈迈德每次都会很认真地告诉我们："这是一个很好的建议。"

和哈迈德一样，对未来抱着希望的人很多，当中的一些人已经开始行动起来。很凑巧，我在咖啡厅遇到一批年轻人正在开派对，原来是庆祝他们办的杂志创刊号发行。这是在班加西，准确地说，是在利比亚第一份私人办的杂志，内容很多，从政治到美食，而里面已经有了不少当地餐厅的广告，当然是免费的，因为他们觉得，这是一个值得尝试的商业策略，可以吸引其他更多广告客户。

不过，大部分东部人没有哈迈德以及这些年轻人那样幸运，他们没有工作，收入大大减少，或者没有资本投资做一门生意，面对的是一个不知道还要等待多久的新未来。就像那些每天在酒店门口等生意的出租车司机，我们进进出出，可以感觉到他们的生意惨淡。毕竟没有游客，住在酒店的记者都雇了专职司机，偶尔晚上出去吃饭，才会坐这些门口等候了一天的出租车，而他们收的车资，只有几个美元。

"生意确实很糟糕，但是没有关系，"一个20出头的出租车司机笑着对我说，"以后一定会很好的。"他笑起来的时候，脸上带着一种稚气。我们下车的时候，他提醒我们："如果要换钱，记得找我。"

一个战火中的爱情故事

我在微博上收到一封私信，一个网友询问我：如果现在从埃及边境进入利比亚，需要办什么手续？我想对方可能是想来做生意的中国人，所以没有多想就告诉对方，因为东部口岸被反对派控制，并不需要签证，对于拿着中国护照的公民来说，只要申请了埃及签证就可以了。

很快，我潜意识中记者的职业病开始爆发。我去查看了这位网友的微博，发现原来她是个20多岁的年轻女孩。从她的微博可以看出来，这还是一个热爱生活、性格开朗、很有主见的女孩。很显然，她要来利比亚肯定不是为了生意。这又激起了我的好奇心：在这么个地方，会有什么东西让她如此放不下呢？

经过了一番邮件交流，我才知道，原来女孩要来这里找她的男朋友，他在东部城市德尔纳。由于国际电话中断，他们只能够通过电子邮件保持联系，但是最近一个多星期，女孩一直都没有收到关于男孩的任何音讯。她担心男孩出意外，因为不久前男孩刚去过前线。

女孩跟我说了很多关于这个男孩的事情。他们在利比亚一起工作，冲突发生之后，他们也遭到过不明身份人士的袭击，很多中国雇员逃到了荒无人烟的沙漠里。这个男孩开车把中国同事都找了回来，并为他们安排了安全的住所，直到护送他们坐上中国政府安排的撤侨船只。他是巴勒斯坦人，所以没有办法进入埃及。

我让女孩不要着急，然后拨通了男孩的手机。对方显然很吃惊，但是却感觉不到任何的兴奋。我告诉他，女孩正在等他的邮件；我很快会去德尔纳采访，到时候会打电话给他，他可以用我们的卫星电话和女孩通话。

不过，当我们到了德尔纳之后，一直联系不上男孩。先是电话通了无人接听，之后干脆关机了。我告诉女孩，我们找不到她的男朋友。女孩说她要马上赶过来，即便遭到父母的强烈反对。她让我发短信给她男朋友，告诉对方，她要做一个人生中最刺激的决定，给对方一个惊喜。

我赶紧发邮件告诉她：第一，现在边境只对没有签证的记者开放；其次，这里的手机没有短信功能；最后，如果来到这里，打不通她男朋友的电话，她又要去哪里找他呢？毕竟，她连男朋友住在哪里都不知道。女孩很快冷静下来，请求我再打电话给男孩。她说，毕竟对方是她决定了要嫁的人。

过了两天，我收到了女孩的邮件，男孩终于回复她了。她显得非常开心，告诉我，如果我需要任何帮忙，可以找她的男朋友。她说，她的男朋友会打电话给我，解释之前为何电话一直打不通。

这件事情对我来说也就到此为止了，那个男朋友后来也一直没有打电话给我。我也知道，这个故事等到战乱平息之后一定会有结局。我只有衷心希望，这个女孩可以像张爱玲笔下的白流苏那样，这场发生在这个异国他乡的战争，可以成全她的一段“倾城之恋”。

后续：从利比亚回来，在重庆宣传我关于利比亚采访的新书的时候，我见到了这位女孩，了解到她和她的男朋友在北京磁器口开了一家小店。

我遇到的这些利比亚女性

十年前到黎波里，你根本没有机会接触当地的女性，无论是在街上，还是在餐厅里，都看不到女性的身影，但卡扎菲却有一支著名的女子保镖队。

我们在班加西待了十多天，看到女性出现在城市的各个角落，或是示威者，或是志愿者，甚至是过渡政府中的女性成员（虽然暂时还只有一个）。

从法律的角度来说，利比亚提倡男女平等，工作机会均等，工资收入均等。20 世纪 50 年代，这里就已经有了女法官，而在阿拉伯国家里，这算是非常前卫的了。卡扎菲 1969 年上台之后，男女大学生充满热忱地积极参加各种讨论和社会事务。1977 年，卡扎菲公开绞死班加西大学的两名学生之后，社会开始变了，完成大学教育的女性虽然比男性多，但是她们选择和公共事务保持距离。尤其是 1986 年，卡扎菲通过电视直播，公开绞死了八名他的反对者，从那以后，社会开始噤若寒蝉。

现在，女性又以极其迅猛的速度，重新回归社会公共事务。班加西第一个民间社会组织，正是由班加西的一名女律师建立的。现在，这个组织已经有 130 个成员，大部分都是女性。创建者说，当社会变得民主之后，真正的极端主义只会减少。

我在街上遇到了一批打扮时尚的年轻女孩，其中最年轻的只有 17 岁，但却是一份英文和阿拉伯语双语周报的创办者。她们英文流利，而且没有口音。她们告诉我，她们并没有海外留学的经历，英文也是刚刚开始学习的。

最开始的时候，她们和一家新办的报纸合作，因为对方有资金，而且有经验，但是合作只持续了一期。她们发现，这些年长的人，也许是因为依然害怕，也许是因为思维被长期禁锢之后的惯性，总是告诫她们这些不能写，那些不能写，但是她们之所以要办报纸，正是为了能够自由地表达。于是，她们向家人借了钱，自己独立办起了报纸。

报纸虽然只有三页六版，但是排版非常用心，特别是她们选择的封面照片，让人无法相信，这是一群年轻的女孩做出来的。很快，她们获得了私营企业的赞助，而报纸在市场上的反响也很不错，可以销售 3000 多份。她们办公室的布置也是有板有眼的样子，完全超越了校园刊物的水准，俨然已经是一家专业新闻机构的派头。

她们的报纸上有一篇关于利比亚女孩的文章。事实上，不了解甚至误解她们的人确实太多了。在过去，外界并没有多少渠道来了解这个国家的人。通过办报纸，以及参与社会事务，她们希望告诉大家，她们和其他地方的 17 岁女孩子一样，房间里面贴着明星和球星的照片和海报；为了让父母高兴而努力读书，自己其实也不是那么喜欢；她们对新鲜事物充满好奇，喜欢和陌生人打交道，每天在社交网站上花费的时间最多。过去，她们没有渠道让外界了解她们，也缺乏表达自己的能力。现在，她们正在学习。

这里的人让我对她们的生活抱有信心。卫星电视和互联网让她们有机会通过自我学习，超越以往封闭社会需要经历的启蒙阶段。对她们来说，真正缺乏的，只是机会。

这些上海的人，上海的事

之所以决定采访上海城市交响乐团，是因为我觉得，一个城市能够用音乐来面对悲伤，是一件如此优雅，如此与众不同的事情。更重要的是，这样的音乐是来自于一股自发的力量。

之所以有这样的一个业余交响乐团出现，和上海这个地方有着莫大的关系。这个城市里面，喜爱音乐、学习各种乐器的人可能本身就比较多，再加上这些人，虽然最终没有从事和音乐相关的工作，但是音乐却已经成为了他们生活的一部分。于是，当有人发出提议，成立一个乐团，用大家的业务时间，通过演出，在这个城市普及交响乐时，立马就得到了积极的回应。这个乐团，五年前刚刚成立的时候只有几十个人，然而现在已经发展到了两百多人。令我印象最深刻的是听乐团的负责人讲述的这样一个细节：只要是公益演出，乐团成员们总是积极参与，即便在上海之外的地方工作，也会在排练和演出的那天赶过来参与。

我也是因为那场大火之后，看到他们在街头的自发演出，从而知道了这个乐团。现在回想起来，他们之所以会有这样的决定，会这样做，是因为在平常的生活当中，他们一直在尝试用音乐去为有需要的人做些力所能及的事情。他们为自闭症儿童举行音乐会，用音乐去和这些孩子进行交流。我听到太多的声音批评说现在的年轻人缺乏对于社会的关爱和责任心，但是看看这个乐队，大部分的成员都是 80 后、90 后，那么这些批评者是不是应该反思一下：我们对年轻人是不是抱有太多的偏见了？想到要用音乐来分担这个城市所遭受的伤痛的，正是这些有热血、有责任心的年轻人。他们的这个举动，不仅让大家对于上海这座城市刮目相看，更是让全世界都看到了一个能够坦然面对欢乐和悲伤的大上海。

其实在这个城市里，坚持做点有意义的事情的人还有很多。这次到上海，我的另一个采访对象叫樊阳，是一名中学语文老师。在他家里，我看到 30 多个不同年级的中学生，他们在一起，分享对时事的一些看法，也一起分享阅读的乐趣。这位老师认为，只有阅读和思考，才能够培养独立思考和独立人格的公民，而这些又是专注应试教育的学校教育所缺乏的。

作为一名老师，他可以做的除了在课堂上尽职地帮助学生在考试中取得好成绩之外，然后就是用自己的业余时间，在学校以外的地方开辟另一个课堂，让学生们看到另一番崭新的天地——通过阅读文学作品，通过了解社会时事，通过走到社会中去，来培养孩子们的能力。

这样的坚持非常难能可贵，樊阳幸运的地方在于，有支持他的家人，也有愿意追随他的学生。尽管来听课的学生人数有的时候多，有的时候少，因为家长们最终最关心的，还是孩子们是不是有足够的时间应付考试。

就在我们采访的那天晚上，我遇到一个已经大学毕业的学生。她说自己听了五年这位老师的课，作为曾经的学生，经常会回来看看老师，也顺便再听听老师的课。

这些学生围坐在小小的书房里，听得那样认真投入，是啊，不管是对于孩子，还是对于年轻人来说，他们都如此地向往美好的东西。也因为这样，我们这些成年人就更应该扪心自问：我们是不是应该做些什么，让现实和理想的距离越来越近？

蔡定剑老师，走好

最后一次见到蔡定剑老师，是几个月前在他主办的关于“就业歧视问题报导”的媒体培训班上。我之所以答应去北京向同行介绍香港关于就业歧视法例以及媒体相关报道，正是因为看到身患癌症的他，依然如此积极地推动就业歧视立法，作为一个媒体人，理应一起来做点力所能及的事情。

那次看到他，差点没有认出来，因为化疗的关系，他戴了头套，脸有些浮肿，但是精神还不错。之后应该是 2010 年 9 月初，我们通过一次电话，他在电话那头谈到自己的一个想法，希望能够在电视台做有关消除就业歧视的公益广告，希望我能够给提点想法，看看如何去做。电话那头他的声音，听上去还很精神。

也因为这样，今天凌晨我收到朋友的短信，得知他老人家已经离我们而去了。虽然一直以来都有心理准备，但还是觉得消息来得太突然了，迟迟不肯相信。直到和他的家人确认之后，才相信了这是真的。

其实，我很早就知道他患上了癌症，他的家人和他的学生也经常谈起他的身体状况。2010 年 3 月两会期间，我请他上节目，他的声音已经非常虚弱了。直播开始前，他一直安静地坐在直播间里面，为的是保持足够的体力。那次我们谈的是关于财政公开的问题，节目播出之后，我和他通电话，他很高兴，因为节目反响不错。对他来说，接受采访，写文章，其实就是为了让更多的人关注这些问题。因为有了关注，才有改变的压力和动力。

不少人总是感叹，在中国无法真正触及民主宪政。作为一个宪政专家，他却从未这样抱怨过。他一直在踏踏实实地做着这些推动民主宪政的事情。举办各种研讨会，在报刊上发表从宪政的角度撰写的文章，评论时事，提出建议，接受不同媒体的访问，他是如此尽力地争取着随时可能会中断的时间，为的就是能够做尽可能多的事情。

现在他走了，他极力推动的事情刚刚才有了一个开始。我觉得很可惜，因为一个既有理论又能付诸实践的学者离开了，不知道未来还会有多少人，愿意，也有能力像他那样，不单单讨论理论，更能够通过行动来推动改变。

所以我想，对他最好的纪念，就是我们每个人都尽力而为，把他已经在做，但还没有做完的那些事情，继续做下去，不要停下来。

蔡老师，一路走好。启蒙的种子已播下，总有一些会萌发幼芽，也总有一些会慢慢成长。

新农村和水泥路

在云南哈巴雪山下的一个村子里闲逛的时候，我听村民说，每户一年差不多也有一万多元的收入了。村子里面不少人家都建了新房子，从铝合金的窗户、外墙上贴的瓷砖可以看出来，这些建筑材料对于当地的农民来说，算是现代化新农村的一种标志。尽管在我这个外人看来，这些和传统建筑显得有点不太协调。

我看到每家每户都种着果树，就向一名村民打听，是否可以买一些水果解馋。这位村民连连摆手，原来他不是果树的主人。也许是看到我们当中不少人背着照相机的缘故，他居然认定我们是记者，于是开始对我们诉苦。我们这才知道了这样一件事情：空地上堆满的碎石原来是准备在村内铺水泥路用的，修路成本每家分摊，每户 4000 元，政府只负责提供每平方米一袋水泥的补贴。村民指着那些碎石说："新农村，新农村，这不是增加农民的负担吗？"

"难道水泥路不好吗？"我们有些好奇。

"有什么用呢？"他反问我们。

我环视了一下周围，村边就是一片原始树林，有一条小溪流过，虽然是碎石泥路，但就算下雨天，走起路来也并不觉得泥泞。这里的村民每家都有马匹或骡子，用来载货或者接送上下山的游客，水泥路对于这些动物来说，反而不好走。最重要的是，4000 元相当于一头骡子的价格，而一头骡子在旅游旺季能带来的收入，几乎占了村民年收入的一半。

每次到偏远的山区，我总是感叹，如果没有那些公路，当地民众恐怕很难改善生活，因为物流实在太不方便了。同时，我也深深感觉到，“要致富，先修路”确实有它的道理。但是我也一直认为，要建设公路这样的基础设施，应该是政府的责任。中国富裕了，应该尽这样的义务。

“村村通”的设想，出发点当然是为了农民好，但是事情总是在落实的时候变了味道。农民看不到好处，同时还有不满，因为最终成本会分摊到农民头上，导致有些农民希望用这些钱去做一些对他们来说更加迫切的事情。

我和丽江郊区的一位农民聊起机电下乡，他很不以为然。他说，其实如果真的要补贴农民，不如补贴大家购买现代化生产工具，但是在他所在的村里，如果和村领导关系不够硬，是拿不到补贴款的。这些农业机械动辄上万元，不是每家农户都能负担得起的。倒是那些下乡的家电，很多都在千元左右。虽然很多人能消费得起，但是这些东西只是一些低端消费品，无法促进生产。

为农民提供折扣家电、汽车产品，这听上去很吸引人，但是在我看来，就像那条村子里马上要铺设的水泥路一样，只有消费，农民看不到直接的回报。如果真的要帮助农民，应该不是鼓励他们花钱，而是应该支持和教会他们如何赚钱，来增加他们的收入，从而从根本上提高他们的生活水平。现代化的生产机械、科学的养殖方法、实用的手艺，这些对农民的帮助才是更实实在在的。

这位农民感叹说，从小父辈教育他，做人要勤劳才能致富，但是现实生活却并非如此。他曾经一个人耕种 20 亩地，养了 20 头猪，累死累活，扣去成本，一年下来只有两万元收入。现在，他成了一名出租车司机，收入翻了两番。于是，他再也不想回农地里干活，做一个耕种的农民了。严格来说，他已经成为一名进城的打工者了。

在大量消费品涌入农村的时代里，我们也应该想想：我们是鼓励农民把手头的钱花掉，还是拿去投资？

新结识的埃及朋友

阿梅尔（Amer）来自埃及，是一名医生。我看到大会提供的简介上说，他还是埃及的一名社会运动家。

第一天的分享，我们每个人都要通过一件物品来介绍自己的国家，让其他国家的同伴可以迅速地了解自己。

和我们这些扮演“旅游大使”形象的人的做法截然不同，阿梅尔带来了一件夹克，上面还有干涸的血迹。阿梅尔说，夹克是他一个朋友的，2011 年，他游说朋友和自己一起去广场，结果，他看着朋友被击中，然后死去了。

他还带来了一块埃及生产的巧克力，上面是埃及新总统塞西的头像。这让现场的沉重气氛稍微得以缓解。大家都觉得这么做很滑稽——把塞西的头像一点点咬碎，再吞到肚子里面，是表达爱和支持，还是恨和反对呢？当然，以埃及目前的局势，推出这种巧克力的商家，一定是急切地想要奉承领导人的。

坐在游览泰晤士河的船上，阿梅尔和我都无暇欣赏周围的风景。他热切地想要告诉我埃及正在发生的事情，而我也很想知道，这个用革命推翻了军人独裁，结果又回到原点的国家，现在到底怎样了。

“更糟糕了！”

阿梅尔用这样的开场对我讲述他所经历的事情。

他是埃及医生伦理委员会的成员，他们现在在推动的，是要改善监狱中囚犯的医疗环境。他曾经和警察以及卫生部官员就此事争吵，因为在埃及，囚犯必须戴着手铐进手术室，而他坚持，这是不能接受的。他也要求改善监狱的环境，停止虐待，变得更加人道。

2011 年的广场革命是他第一次参加示威，那一次，就遭遇了自己朋友的死亡。而现在，他已经成为了一名组织者。然后，他开始接到电话，对方显然知道他所有的一切，工作、家庭、社交、朋友圈，然后要求面对面谈。对方很客气，说：“如果有任何困难，可以来找我们，我们会提供帮助。”他知道那意味着只要为他们工作就可以得到金钱，他也知道，拒绝就意味着在未来的日子不好过，所以他每次都是客气地点头，和他们告别。“不然，还能怎样呢？”他说。

这次来伦敦，阿梅尔拖着一个巨大的箱子，他向我们解释，这是为朋友带的东西，他的朋友目前在剑桥读博士。

“你知道吗，她回不去了。因为她在做的课题是研究埃及的社会运动，两个月前她回到埃及做了第一组田野调查，回到英国之后，她就接到埃及政府的电话，告诉她，她回不去了。”

“她过去参与过任何社会运动吗？”我很好奇。

“从来没有，她一直在做学术研究。不过我明白，做调研，就要问陌生人很多问题，有些会很敏感，当局会觉得她身份可疑，甚至有可能是西方国家派来的间谍。回不去不是问题，问题是我担心她要如何完成博士学位。你知道，没有调查数据，她根本没有办法完成论文。”

“你知道我们国家有多滑稽吗？”

他拿出他的 iPad，打开当天的新闻：一名在开罗的法国记者，因为和两名埃及记者在咖啡馆八卦政治话题，被旁边的人举报了，三个人当场被带走调查。

还有一条新闻：一名大学生在开罗大学门口被发现随身带着一本乔治·奥威尔的小说《1984》，因此被当局带走。

我很好奇，在这样的环境下，作为医生伦理委员会的成员，他能不能说服大多数人支持他的做法，为囚犯争取权利。因为这些囚犯里面，很大一部分其实都是政治犯。

他摇头道：“我是极少数派。”

“你觉得埃及还会变吗？”

“会，但是也许至少还需要十年的时间，当有足够的人愿意付出的时候。”

问阿梅尔关于未来的打算，是继续留在埃及，还是准备离开。他说不知道。

“你看我的牙齿，”他的牙齿缺了一个，“是被他们打的。我是一个医生，他们都这样对待我，想想他们会怎样对待其他人。”

第二篇：

应该活出一股子热爱

“工作只是人生的一部分，

但职业是一个人的一部分。

我们要成为一个完整的人，

就需要把这部分先做好。”

记者和律师

到现在为止，我最喜欢的美剧还是《波士顿法律》（Boston Legal），它讲述的是发生在波士顿的一间律师行里的故事。

我喜欢这部美剧，当然不是因为剧中办公室里面令人百爪挠心欲罢不能的情感纠葛和勾心斗角，也不全是因为男主角不羁又加点文艺和有点哲学家孤独感的性格。说到底，还是因为剧情，每一集都是一个独立的案例，这些案例从来都没有绝对的对错，控辩双方每一次的结案陈述，总是会让我陷入思考。

这世界就是这样，很多时候并不那么黑白分明，这个时候，哪个角度最终能占上风，不是取决于控辩双方的口才。当然，如果不能旗鼓相当的话，善于表达，或者专业技能强，能够抓到对方的错漏的一方，总能更容易说服陪审员和法官。但是大多数的时候，理由总是一半一半的，站在被告席上的人，他或者她的行为总是有从事实层面违法的地方，但是如果加上社会以及其他周边因素，却又能够找到这些行为的合理性以及深藏的无奈。这个时候，判决的结果往往就很重要。对于社会的发展，法律可以起到向前或者向后的推动效果，因为法律可以让民众看到，这个社会是不是鼓励和保护人性中善的一面。

还有一部我很喜欢的电视剧叫《法律与秩序》（Law and order），剧中的主角是警察和司法部门，他们需要做的事情是寻找足够的证据，避免在程序上犯错，因为一旦犯错，被辩方律师抓住了把柄，那么即便一个人真的有罪，也无法被定罪。程序正义，是最优先的原则。但问题是，即便遵守了程序，有时还是会出现这样的情况：一个无辜的人被判有罪，因为在控方掌握的证据面前，他反驳不了。这里面的原因包括：他请不起有能力的律师，而糟糕的律师又无法用专业技能来保障当事人的权益。

法律到底是为了保护每个人的人权，还是为了打击犯罪？这里面有着本质的区别：前者可能会导致真正有罪的人逍遥法外，但是却能最大程度地保障无辜的人不被冤枉；而后者，其实也无法保证犯罪的人都遭到法律的制裁，但是却增加了“错杀一千”的可能性。

很多人以为，自己只要奉公守法，警察也好，司法机关也好，律师也好，都和自己没有关系，所以支持厉法以及强力执法。这些人忘记了，我们每个人都有可能平白无故地遭到莫须有的指控，常常是因为一个偶然——碰巧经过了一个犯罪地点，或者碰巧样貌和真正的罪犯很相似，甚至是遭到栽赃陷害。这个时候，能够站在自己这一边为自己说话的，只有平衡的制度和律师。法庭就好像一个天平，法官是保证天平平衡的秤砣，起诉的控方和为自己辩护的律师挂在天平两边，而法律需要给予两边同样多的权利，至少让天平从一开始就是平衡的。

在中国，涉及法庭犯罪等的影视作品，主角总是控方或者警察，剧情也以展现他们如何努力打击罪犯为主。这当然没错，如果没有维持法纪的他们，社会就无法保持安宁，但是只有一种声音和形象，这对于另外一边就非常不公平了。

我采访过一些刑辩律师，说起这些，他们感叹在中国存在对刑辩律师的污名化，导致民众对他们不信任。而更大的问题是，有能力的人，往往不愿意担任刑辩律师，而是更愿意去做风险相对小，收入却要高很多的商业律师。我自己看到过的一些刑辩律师，确实和我对律师这个职业的想象差别太大，也许真的是电视剧看太多了的缘故。

我曾遇到过一个刑辩律师的年轻助手，她感叹，也是因为外国电影看得太多，结果自己“误入歧途”，做了刑辩这一行。其实这让人觉得很担忧，因为如果天平两边的重量相差是如此悬殊，那如何保障犯罪嫌疑人的权益？甚至可以这样设想：只要被指控有罪，就意味着这个罪名就此无法推翻了。如果真是这样，谁还会觉得安全？如果一个社会里的人们不认为法律是公正的，法律无法成为人们的信仰，那么人们到底还可以相信什么？

一位老刑辩律师对我说：“正是因为现在在中国，做刑辩律师很难，所以我愿意做下去。”这句话让我想到了自己正在做的记者这个行业，因为这个句式也是最近我经常和那些想要成为记者的年轻学生和同行们分享的。

当我听到他讲这句话的时候，第一反应是觉得有点煽情，因为在我看来，律师是一个专业性很强的职业，讲求的是专业技能，需要考虑的只是从被辩护人的利益出发，不需要带着这种赴汤蹈火的精神。而我又很快地想到了自己，作为记者的我的这种表达，也会让不少同行觉得煽情，甚至不够专业吧？因为记者和律师一样，需要的是遵守自己的专业守则，一切只要从公众知情权出发就可以了。

只是，在我们现在的社会中，太多原本简单的职业，被赋予太多情感和责任。我希望终有一天，这些职业只是专业而已，大家只需要各司其职。

五花八门的媒体

朋友发微博，讲述自己在大会堂采访十八大时的遭遇：他想要拍有全体常委亮相的主席台上的七个号码标记，结果“一”字被一个记者拿走了。他建议那位同行，不如先放下，让他拍完再拿走，对方没有理他。看到朋友在微博上征询“一”号照片，我当然明白他的苦恼：原本可以非常完整的一段视频、一组照片，就因为缺了这个“一”字而让完整不复存在。新闻就是这样，错过了，就不完整了，就无法向受众展示一个完整的过程了。

有人把地上的标记拿走，想必是为了留作纪念，或者用来向别人展示“我曾经采访过十八大，这个是总书记在上面站过的”。因为我实在想不出来，这个标记拿在手里，和新闻有怎样的关系。如果没有变成照片、文字或者视频，没有传递给读者或者观众的话，它们又能有什么更重要的意义呢？

很多时候，尤其是采访这些重要大型会议的时候，等得无聊的间隙，留个影也算是打发时间的无奈之举。但是经常在会议已经开始，大家都在忙碌着采访的时候，总还能看见有几个同行在拿大会当背景，相互拍照。我很质疑这些同行的专业素养，因为当你全心全意工作的时候，是绝对不会想到要做这样的事情的。就好像如果真的把自己当成一个来采访的记者，而不是一桩盛事的参与者、目击者，你就只会想到拍摄地上的标记，根本想不到把地上的标记占为己有。

不过，看到朋友的抱怨，我也笑他少见多怪。之前两会的总理记者会，就有同行在记者会结束后，收起了总理曾经在记者会上用过的笔，还特地为此写了一篇专门的报道。作为一名读者，我实在不知道这支笔和读者到底有什么关系；但作为同行，我又深深感受到那种想要把自己和权力扯上关联的欲望。这么做有点像那些拔莫言家门口萝卜的游客一样，只不过一个是为了沾点喜气和灵气，一个是为了沾点官气。

开放团的时候，一个自称是北欧媒体的记者，站起来先介绍自己是北欧一家医药公司的总裁，听得大家一头雾水。看到有些记者，到了现场的第一件事情不是拍别人，而是先把别人当成背景拍张“到此一游”的自拍照。听负责记者工作的官员讲，通常这样的照片，就会被放在一些从来没有听说过的，但是名字却异常响亮的刊物上，再配上“获得某某部门批准采访过十八大”的封面文字，就成为这些媒体拉广告、谈合作的资本。而这些刊物是否有常规渠道印发，常常是一个谜。最搞笑的是，一个自称带着保健医生和五个助手来到北京采访的记者，名片上写着“欢迎来电洽谈合作”。

不过这些最多让人觉得有些反感，更有甚者，每次这样的大会，总有媒体整理出一些代表语录，或者用某一句话作为标题。只是，不管是语录还是标题，总有一个产生的语境，总有一个问和答的过程，也总有一个前因后果吧？如果不把这些展现给大家，对受众并不公平，对当事人也不公平。当然，有些时候，懂得投媒体所好的当事人会很开心，他们正好通过媒体，塑造了自己想要的形象。媒体可以毁人，也可以被人利用。

不务正业的媒体人最多影响大家的工作氛围，反而是做着报道工作的那些人，包括我自己，这些天总在想：在有限的空间里面，在没有限制的话题上，我做到足够专业了吗？我会问自己，也期待更多同行能一起自省。

和媒体打交道

在大会堂遇到一个媒体同行，对方抱怨说，因为其他同行的不配合，上司交给自己的采访任务看来是完成不了了。我作为一个“别人的上司”，同时又是一个在前线采访过的记者，我非常能够体会对方此刻的沮丧心情。很多时候，后方的编辑往往已经制定了一些新闻话题，比如假设自己的记者应该是能够在采访的时候遇到某个部门的官员，并且假设这位官员一定会回答自己记者的提问，因此，一定能够得到一个预期中的新闻。但是，这样的假设，往往到最后会发现，原来并不能够实现。

不能够实现的原因很多，比如没有遇到目标人物，或者是目标人物不愿意接受采访。还有一个原因：对方虽然谈了很多，却就是不肯回答预设的问题。对于记者来说，当然担心在上司眼中自己没有能力完成工作，但其实这样的担心很是多余，因为如果上司真是一个称职的媒体人，完全应该预料到这样的可能性，因而就不会去苛责自己的下属。

新闻就是这个样子，不可能预期，即便是预设的一些场景，也会在真正发生之后发现不是自己原先想的样子。记者只有在经历见证之后，才能够知道这里面到底有没有新闻，是不是应该报道。就比如两会的小组讨论开放，虽然大家都知道里面会有很多“有料”的发言，也会有有分量的官员出现，媒体人或多或少还是会带着预期来到现场。但是如果你听完全场，甚至在提问结束之后，发现其实并没有实质性的内容，那么还是不会有新闻。

也因为这样，记者在现场，并不意味着就一定会有新闻出现。记者不是新闻的制造者，而只是现场的观察者，并最终要依靠自己做出判断，到底有没有值得报道的东西。不过正如新闻是不可以预期的一样，拿两会的小组讨论来举个例子，虽然听不到和自己预设的问题相关的表达，但是现场却可能发生自己预期不到的事情，比如一个新的观点，一些新的、从未在媒体上公开过的资讯，甚至是有趣的场景。香港特首和广东省的领导会面，大家没有想到，开场白竟然是广东省领导问候特首的身体健康状况。看到因为遇袭受伤的特首颇为尴尬的表情，对于香港媒体来说，这当然是非常难得的新闻镜头，而这样的互动，对于香港的受众来说，要比两会更有新闻价值。

这些天总是听到有人批评记者在制造新闻，特别批评境外记者。确实有这样的媒体以及媒体人存在，而如果记者没有准确地报道事实，或者是变成一个新闻事件的参与者，这当然违反了新闻的专业操守。那么只要指出错在哪里，相信民众还是有分辨能力的。被报道者也应该可以用法律或者其他手段还自己一个清白。

但是如果记者仅仅是为了见证一个事件是不是会发生而来到现场，那把这些记者称为制造新闻的人，自然没有人会服气。就算是被上司所逼，带着唯恐天下不乱的目的来到现场，只要在见证的过程中没有介入，以及在最终的报道中没有歪曲和夸大事实，那记者的操守因此而遭到批评，自然会产生强烈的抵触情绪。

我总是觉得，政府官员和记者之间，尤其是和境外媒体之间，并不存在领导和被领导的关系。也因为这样，在公开场合批评和质疑记者的操守，教导对方该如何做新闻，就显得并不明智。操守应该是行业的自律，或者是由受众来判断的。政府官员只需要做好自己的事情，回应记者的提问，指出记者的报道存在错误的地方，为自己辩解，以理服人，并告诉外媒记者，在中国怎样才是合法采访，哪些是违反了国家法律的行为，那就足够了。

所谓的内部消息

90 年代中期，我开始进入媒体这一行，渐渐发现公司里最有地位的记者，是那些号称和上面“有关系”的人，因为他们总是能够比大家知道更多所谓的“内幕消息”。如果要和现在来比较的话，就是维基解密①里面的种种，两者的共同点在于，之后再来看这些，有真有假，有些则永远无法论证。

这些记者获得消息的途径，也和每隔一段时间向总部发电报的外交官们相似，就是和官员、学者、记者同行多吃吃饭，喝喝茶，再从这些同样号称，或者被认定和上面有关系的人嘴里得到一些消息。

做记者久了，在过去差不多二十年里，我参加过太多这样的饭局。有的时候我是这些信息的获得者，有的时候则成为了发布者。因为工作的关系，我也开始被视为和上面有关系的那一类。也因为这样，每每看到媒体上如获至宝的一些报道，或者是维基解密里面那些外交官们郑重其事的

---

①维基解密（又称维基泄密；英语：WikiLeaks），是通过协助知情人让组织、企业、政府在阳光下运作的、无国界、非盈利的互联网媒体。

汇报，有些自己也听过，有些因为知道真相从而可以判断消息的来源，有时候就会觉得非常好笑。

外交官们用这样的方式来搜集信息，这倒是可以理解，因为这毕竟只是无数信息来源里的一种渠道而已。但是媒体依赖这些渠道得来的消息，却正儿八经地当成新闻来做，这在我看来，就要看这些媒体到底是怎样定位自己的了。

做了这么多年的媒体，我明白一点：如果要做一个负责任的媒体，或者把自己定位成为一家大的媒体，那么就有一些程序是不能够遗漏的，那就是进行第三方的核实。不能为了快和抢独家，就省略了这至关重要的一步。

也因为这样，看到一些媒体隆重地发布了独家消息之后，很快又装作没有这件事情，把消息吞了回去，真的是有些哭笑不得。这样的媒体，不相信也罢。

真相距离我们有多远?

真相，有的时候就是很简单，但是总有人认定没有那么简单，或者有人总是不愿意公开它。

同事因为身体健康的原因，暂时离开了荧幕，代班的同事为了保护对方的隐私，只是简单地在节目中交代，说对方休息去了，并没有告诉观众们详细的原因。

这下，网络上热闹了，各种猜测，连我也接到了好几个电话，其中包括几个同行，都来求证同事是不是因为做节目的时候说错了话，“被下课”了。

有这样的想法也不奇怪，因为“被下课”在媒体这个行业，已经快要成为常态，而“休息”这样一个理由又显得过于模糊，更是加强了人们这种想当然的猜测。即便是我和我的其他同事，通过微博，希望能够告诉大家事情的真相，但还是有一些人坚信自己的判断。虽然这样的人不多，但还是搞得我自己忍不住不断地反省：从什么时候开始，因为什么事情，自己的公信力变得这样低?

还好当“休息”这个概念被具体的事实描述填充之后，大多数人还是愿意否定自己原本的猜测，也为我的同事留下不少真心的祝福。只是，因为这件事情，让我开始思考两个问题：

首先，必须看到，有这样一些人，他们并不在乎事情的真相是什么，他们只需要一些可以用来满足和支持他们想法的事件。这样的人，你对他们解释事件的经过是毫无作用的，但是解释，也就是更多更快的信息披露，对于那些真的只是抱着一种猜测或者将信将疑心态的人来说，却是相当的重要。

第二个问题，就是信息发布得越快，内容越详细，其实越有助于传播，也增加对人们的说服力。不然的话，只会让那些不准确的消息，甚至是别有用心的谣言迅速传播。

这虽然是发生在一个名人和一家商业机构的事情，但是同样的事情，也正发生在政府身上。当一些事件发生之后，政府有的是没有快速地回应，有的是在抢到了速度之后，却在发放的信息内容上存在着很大的水分，内容空洞，缺乏人们所关心的细节。他们意识不到，这样的信息，已经无法满足现在人们对真相的渴望了。

当人们没有办法从官方渠道获取信息，或者是官方信息无法让人们信服，又或者依然距离真相很遥远的时候，其他非官方渠道的消息，自然而然地会占据传播渠道。用任何方式对这些信息进行监管或者清理，其实都比不上主动和这些消息进行正面竞争有用。就像中国古话所说，“谣言止于智者”，但是如果没有全面的消息来源，也根本无法产生智者。当人们无法接近和抵达真相的时候，想象和假设就会被很多人推定为真相。

当突发的群体事件发生之后，如果不开放媒体采访，就会产生这样一个现象——一方面是等待通稿的媒体，另一方面是自称为目击者的网民源源不断发布消息。这时候，外界的人们当然会产生这样的困惑：到底谁距离真相更近一些？到底谁更值得信赖一些？

也许，网络消息并不准确，通稿描述的事件其实更接近真相，但是，正因为是通稿，人们看不同的报纸，打开电视，收听广播，听到的都是完全相同的内容，这会让很多人产生怀疑。因为一个事件不可能仅靠一篇通稿就能解释大家心中诸多的问号；只有一种声音，就可能会变成一边倒的新闻。而在政府公信力普遍受到质疑的情况下，这样做只会让更多人怀疑，是不是有更多的真相被隐瞒。

公信力缺失，已经被谈论了很久，既然这是一个存在的事实，那么我们就更应该在进行信息发布的时候，改变固有的思维和语境，利用好一次次发布信息的机会，来为自己慢慢重建流失的公信力。

关注抑郁症

因为关于北大会商问题的讨论，我开始关注抑郁症这个问题。

对于不少大学来说，家长和社会往往非常担心学生因为种种原因而想不开，走上绝路。虽然学生自杀的新闻通常都会处理得比较低调，但这毕竟是一个现实问题。这也是一些北大学生支持会商制度的一个原因，因为他们看到身边有一些同学情绪出现低落或者波动，他们相信，对于这些学生，如果能够为他们提供帮助的话，应该可以防止他们走极端。

一位曾经患有抑郁症的北大学生写信给我，这名学生之前一直在服用药物。去年年底的时候，学校指派专门的老师和他接触，结果他发现，和他接触的老师对于抑郁症并不了解，也因此，这样的帮扶对他来说没有任何的作用。甚至到最后，反而是他们这些患上了抑郁症的学生，提供了不少专业的资料给这名老师作参考。

这名学生是幸运的，因为他依靠自己停用了药物。作为一个过来人，他觉得校园内的抑郁症问题也好，其他的心理疾病问题也好，都不是被会商的理由。对于这些学生来说，更需要的是专业的心理治疗服务，而这些，正是学校，乃至中国社会所缺乏的。

中国到底有多少抑郁症患者？我只找到了2007年官方媒体公布的数字——大约3000万。2011年上半年发表的一项全球性医学研究指出，世界各地每年约有100万人自杀身亡，其中30%来自中国。自杀已经成为中国15岁到34岁的青壮年人群的首位死因，而在这些自杀的人群当中，患有抑郁症的占了60%到70%。

查找了许多和抑郁症相关的媒体报道，发现虽然没有一个确切的数字，但都指出了这样的一个事实：那就是发病率在逐年升高，但是有机会得到专业治疗的患者比例却非常低。有的报道指出，在这些抑郁症患者中，获得专业治疗的人只有2%。

这是让人担心的问题，因为作为一种疾病，如果没有专业治疗，很难想象依靠非专业人士的好心帮扶，是否真的可以彻底治愈。上面说的那位北大学生之所以幸运，在于他自己的努力，还有他遇到了一些让他能够茅塞顿开的朋友。

但不是所有人都可以像他这样幸运。

很凑巧，就在接到这位北大学生的信之前，我一直在网上和另外一名抑郁症患者联系。他曾经在一家跨国公司工作，因为患上了抑郁症而被炒了鱿鱼。虽然他把这家公司告上了法庭，也打赢了官司，但是他的生活却再也回不到从前。他给我写信，是感叹这个社会对于抑郁症缺乏了解，也因此对于抑郁症患者容易产生偏见，甚至是排斥。从他的信里面，我能够感受到他的那种孤独和消沉。

上海交通大学医学院曾经对新闻报道进行过调查，发现媒体对于像癌症这样的患者，总是能够用同情的姿态，赞扬他们和病魔斗争的坚强，但是对精神病患者通常就显得很淡漠，态度回避甚至带有嘲笑。根据他们的统计，差不多40%的报道把精神病和犯罪、危险联系在一起。但是专家指出，大量的医学研究结果显示，精神病人并不比一般人群更具有暴力倾向，实际上，他们反而更容易成为暴力的受害者。这让我想起这名抑郁症患者向我描述的他在接受治疗的过程，我终于能够理解，他所形容的“身体遭到禁锢”的那种痛苦，而这种痛苦，却很少有人设身处地为这些患者着想。

除了媒体，当然还有公众。我们对于精神疾病的偏见在于常识的缺乏，以及太多人的讳忌莫深。还好，越来越多的名人愿意公开谈论抑郁症，相信这会让公众的偏见和恐惧慢慢消散。但是除了需要这样的环境，更重要的还是需要足够的医疗服务，这样才能够让这些患者不要错过治疗的最佳时机。因为精神疾病只要及早治疗，大多数是可以完全康复的。

白领民工

朋友是一位银行家，每年大部分时间是在北京、上海的五星级酒店里面度过的，也因为这样，慢慢地，他和酒店里的员工就熟络了起来。一开始他只是好奇，自己早出晚归，却看到前台值班的员工没有换人，于是半开玩笑地说："看来你们的加班费可以赚不少啊？"对方的回答让他觉得诧异，因为这些员工从来都没有拿过所谓的加班费。不单单没有加班费，如果她们错过了最晚一班回家的班车，还得自己打出租车回家。由于都是些年轻的女孩，为了节省生活开支，通常住在比较远的地方，房租也相对低一些。但这样一来，一次的出租车费，远比她们一天的收入还要高。

朋友告诉我，这些年轻女孩在这儿工作了四年，每个月拿到手的工资不到 3000 元。这让我很吃惊，因为我记得在 90 年代初，我的很多师兄师姐到外资的五星级酒店工作（我自己也在深圳做过一段时间），那时候每个月拿 1000 多块还是不成问题的，这也是当时那些地方为何能够吸引大学毕业生去工作的原因。那时候的 1000 块钱工资，还挺让人羡慕的。

于是，朋友开始鼓动这些女孩去人事部询问，为何没有加班费。得到的答复是，这家酒店采取的是综合工时制工资计算法，虽然加班，但是一周也有放假，所以算扯平了。

朋友毕竟是银行家，对数字相当敏感。他计算了这些员工每个月的工作时数，发现远远超过了法定工作的时间，根据规定，雇主也是应该支付他们相应的报酬的。于是，他继续让这些员工向人事部争取，并帮她们写好了文字报告。由于担心这样做会被视为麻烦人物，大多数女孩并不愿意站起来去争取，最终只有一个女孩子去了，因为长期加夜班，这个女孩的小腿已经静脉扩张，正准备请病假。

结果，这个女孩在发奖金的前一天被酒店炒鱿鱼了。朋友很诧异，因为在他看来，这家五星级酒店的管理层是国际酒店管理集团，依法经营是最基本的守则，至少在员工生病期间辞退员工就已经很不合法了。于是，他帮女孩找了一个律师，让她去仲裁。

结果女孩胜诉了。现在，这个女孩已经回到了原来的工作岗位，而这家酒店，也开始每个月公布每个员工的工作时间。在过去，她们的工作是根本没有上下班时间记录的。

不过，事情还没有完。朋友说，根据自己住酒店的经验，从员工的收入来看，相信很多酒店都是采用这种计算方法，但是却在钻这个计算方法的空子，员工大多并不知道自己的权益原来已经受到了损害。关键是，即便他们知道，大多数人也不敢站出来争取。那个女孩子虽然最后是赢了，但同样的事情如果发生在别人身上，就不能保证结果了。打官司除了要有钱，还要拼关系。他们虽然赢了仲裁，但是对方拒不执行，结果他们在过了上诉期之后，找了关系才成功上诉。

“我马上写投诉信给市委的官员。”因为朋友本身还是有一定社会地位的，所以我很清楚，这封信是能够到达官员手上的，而且也能够发挥作用。但如果他不动用自己的关系，只是用一个普通人的身份去关注这件事情，结果未必会这么理想。就像他曾经去劳动执法大队，以酒店住客的身份投诉酒店没有严格按照劳动法对待员工，执法大队去查了之后，回复他，根据酒店出示的资料显示，一切正常。

“我还有一件事情没有做，我要再去劳动执法大队，问问他们，为何法庭判酒店管理公司违法，他们却查不出来。”朋友的愤怒是因为，他觉得，如果平时劳动执法大队只是这样监督的话，那太多损害员工劳动权益的事情，根本是不会被曝光出来的。

听朋友讲完，我很是诧异，这件事，朋友那么出钱出力，到现在谈起来还愤愤不平，这一点儿也不像我之前印象中的那个银行家。“我同情那些年轻人。想想在纽约、伦敦，这些酒店管理集团会这样对待他们的员工吗？这些酒店的价格和纽约、伦敦的差不多，他们已经在中国享受到了劳动力低成本的优势，居然还要克扣员工这点钱！”

朋友认真地对我说：“我希望媒体能够关注这些人，这些白领。他们的工作看起来好像很风光，但实际却在被剥削。我知道你们关心农民工，其实这些白领，也是弱势群体。”

对于朋友的这个故事，我其实并不觉得吃惊。看看自己周围，多少白领，为了一份工作，白天黑夜地劳碌，当中有太多人的待遇，如果细究起来，一定会违反劳动法。很多人没有意识到这一点，那些企业文化，甚至是社会，都会灌输给人们这样一个概念：努力工作，不求回报，实现自我。而对于企业来说，他们是否对员工有所付出，这一点我们却没有去看到，或者即使看到了，也觉得是理所当然的。

和朋友告别，他告诉我自己的心愿："我希望，通过这件事情，这个行业能够杜绝综合工时制工资计算方法的滥用，劳动部门在审批准许企业使用这种方法的时候，能够更加慎重。如果有这样的效果，我就真的很满足了。"

朋友的担心不无道理，随手查一下网络，就可以看到又有哪家酒店被批准使用综合工时制了。也有不少人在网上咨询，按照这个办法，自己到底可以拿到多少工资。于是，我在这里先写下这个故事，身为媒体人，可以做的就是让大家看到问题的存在。至于问题能不能有所改变，那就需要更多、更大的声音了。

关于儿童权益

儿童权益问题在不同的国家和地区，标准是不相同的。比如未成年人乞讨，或者是大人带着孩子乞讨，仔细想了想，应该是在印度、孟加拉这些国家遇到过不少，但是如果去欧美国家，街头也有乞讨者，但一定看不到未成年人。因为有明确的立法规定，如果让未成年人街头乞讨，或者陪伴成人乞讨，那就是政府的失职。

比如童工，在很多国家是司空见惯的事情，理由是因为贫穷，这些孩子既然没有机会接受教育，那就只能通过工作来养活自己，毕竟这也是一种生活的出路。也有一些跨国公司对于雇佣童工，这种在他们所在的国家被视为严重侵犯儿童人权的行为视而不见，理由也是一样，既然这些国家的政府都没有能力改善这些孩子的生活条件，那么打工，毕竟是一个比流浪街头乞讨更好的选择。但是很快，西方的劳工权益组织、人权组织又出来指责这些跨国公司，认为他们“双重标准”，虽然这些团体没有足够的实力让这些产生童工的政府承担起责任，但是却能够影响这些违法雇佣童工的跨国公司。虽然也有人会说，这些团体断绝了这些孩子的生路，更加残忍，事实上确实有很多孩子因此而无奈回到街头流浪乞讨。但是这又显得是在为政府开脱，政府已经做得不好，这不能够成为更不好的理由。

比如看春晚，节目进入到深夜时段出现的儿童表演，有的人觉得可爱，但是有的人会担心，对于孩子的身心健康来说，这样是否适合。在有的国家和地区，对未成年人从事商业活动的时段、时长都有非常严格的限制，让儿童在深夜表演节目可能会被视为违法。

比如家庭暴力，在有些国家和地区，打孩子是家事，政府不会介入。但在有的国家，学校和社会就告诉大人和孩子自己：你是有天赋人权的，不应该遭到暴力对待。即便是自己的至亲打孩子，孩子也可以通过法律手段来保护自己。于是才会有像电影《刮痧》里面的情节，孩子身上刮痧之后的瘀痕，会被看成是遭到暴力的证据，于是一个系统开始启动，从学校到社会福利部门，再到警察、法庭。

我总觉得，对于孩子权益的重视程度，体现的是一个社会的文明程度。至于和经济发展是否有直接的关系？想想也不一定，因为很多经济并不发达的地区，也没有出现儿童乞丐或者童工泛滥的现象。

对儿童权益的保护如果能够有清晰的法律，加上配套的机构、措施和程序，当然是最理想的，但是在法律制定之前，并不意味着政府、社会就无法保护孩子。

这些年，香港发生的独留孩子在家酿成意外的事件增加，根据现行的法例，任何人对所看管儿童疏忽照顾，都是虐儿行为，一经定罪，最高可判监 10 年。但是这样的法律，只能够在儿童的权益遭到侵害之后才发挥效用，无法预先防止悲剧的产生。因此有不少人提出，要求政府立法，学习美国等国家，禁止独留孩子在家。

是否立法的讨论还在进行的同时，政府可以做的事情还有很多。父母独留孩子在家的原因很多，一方面是缺乏意识，对此，特区政府已经加强了宣传，不少民间的儿童保护组织也经常举办活动；另一方面则是因为经济原因，父母要外出工作，请不起保姆，社区也没有适当的托管设施，托管中心又价格昂贵。因此有不少儿童保护团体建议政府为低收入家庭提供政府津贴，调整托管中心的服务，包括服务和收费。而在独留儿童发生意外这个话题被媒体以及社会舆论关注之后，特区政府推出了社区保姆计划，鼓励志愿者加入服务，倡导邻里之间的相互守望。民间团体也为一些有需要的家庭提供帮助。立法的原意必定是为了保护儿童，但同时也不是要为难父母，只有在配套设施完善之后，才能够达到这样的平衡。

立法也好，进行相关社会福利制度建设、提供服务也好，最终都是为了让这样的问题消失，两者并不矛盾。当然，如果在缺乏配套设施的情况下，凭空通过一条法律却执行不了，那这条法律其实就是一条恶法。

能够为保护儿童权益做多少，很大程度取决于社会的一种共识。独留孩子在家，在六七十年代的香港根本不是一个问题，因为还没有人想到过这会是一个问题，也没有人认为这是对儿童疏忽照顾的一种表现。但是随着社会的进步，人们对自我权利意识的提高，这个问题，自然就成为了一个问题。但是很多时候，如果民间没有这样的要求，政府能做的就非常有限了。只有民众的要求高了，才会让政府不断进行调整，增加相关公共服务，甚至通过立法来让这些服务固定化和制度化。

同样的，如果一个社会认为童工、童乞、家庭暴力都不是问题，甚至有其存在的合理性，那么这样的情形就不会自动发生改变。只有当社会有了这样的共识，不能够接受这些现象的存在时，才可能让政府承担起责任，促进改变。现在的问题在于，大家是否觉得有改变的必要性，是否是时候要做出改变了。

半岛电视台的影响力

半岛电视台被科威特政府下令关闭了在当地的记者站，这倒不令人觉得诧异，因为在中东地区，新闻采访的管制是相当严格的。比如在沙特，当年BBC阿拉伯频道播出的节目都需要经过审查，如果你没有证件就在街头随便拍摄，马上会有警察出现干涉，随时给自己惹上麻烦。

科威特政府认为，半岛电视台的报道干涉了国家内政，因为播出了科威特警察驱散示威者，从而导致几名议员受伤的场面。不过通常这样的消息对于电视台来说未必是坏事，成为世界各地媒体竞相报道的新闻主角，不单单提升了电视台的名气，也无形中让这家电视台在人们心目中，加深了其坚持新闻自由的形象。所以我一直觉得，政府和媒体过不去的通常结果，就是塑造出一个个媒体英雄。

不过也有不太好的消息，维基解密已经公布的美国政府外交机密电报里面提到了这家电视台，指出卡塔尔政府经常要求这家电视台删除对某些国家的批评，或者调整对外国领袖的报道，以此作为外交筹码让其他国家做出让步。

这和这家电视台一直标榜的独立客观显得格格不入，但是如果看看电视台的资金来源，又免不得让人生疑。成立电视台的想法是在 1996 年，由当时的卡塔尔外交部长提出，启动资金 1.5 亿美元来自卡塔尔王室。不过电视台内建台的元老都是阿拉伯世界电视新闻的精英，他们中的大部分人原来在 BBC 阿拉伯语频道工作，受到重金以及编辑自由的许诺，来到了这个地方。

对于这些新闻人来说，创建第一个阿拉伯语的 24 小时新闻频道，实在是相当令人振奋。他们一开始在取材上涉及阿拉伯世界中很多有争议和敏感的话题，这虽然导致一些在中东国家的记者站被关（比如 1999 年在科威特），但是却在阿拉伯世界引领了一种新的潮流，扩大了言论空间，也为自己建立了声誉。2001 年“911 事件”之后，半岛因多次播放基地组织负责人的录影而扬名全球。2003 年伊拉克战争的报道中，半岛因为站在阿拉伯人的立场，特别关注战争中的平民，从而广受中东观众的欢迎，被称为“阿拉伯的 CNN”。

2006 年，半岛电视台推出英语频道，但是一开始在美国的落地并不顺利。除了号称自己的报道“随时随地，播报所有新闻”之外，英语频道还有一个口号，那就是“只要有新闻价值，不管是关于布什还是拉登”。

这样的口号让他们显得有点两头不讨好，对于中东国家的政府来说，这里有太多美国的声音；对于美国政府来说，则认定对方在为恐怖分子说话，至少是作了传声筒。也因为这样，美国本土的有线网络都不愿意接他们的生意让他们落地，于是一开始在美国，观众只能通过网络收看到该电视台的节目。为了增强电视台新闻的国际化，同时也增加其在当地的新闻资源，他们在华盛顿设立了演播室，聘请来当地著名的媒体人。不过我听过他们在美国的一名记者抱怨，打电话去州政府采访，对方一听来自半岛电视台，一口就给回绝了。

但是，正是这样的口号为他们赢得了不少观众。半岛电视台英文频道截止至 2010 年底在全球的观众超过了 8000 万户，成为继 BBC 国际和 CNN 国际之后的全球第三大 24 小时英语新闻频道。有了这样的影响力，要说卡塔尔政府打电视台的主意，倒也不足为奇了。

媒体的风险

如果不是因为有了网络，曝光美国政府关于阿富汗的文件这种事情，应该是由美国的那些传统媒体来做的。不过也因为有了网络，一万多份的文件才可以在瞬间得到公开。当年《纽约时报》公开越南战争的资料时，因为版面的关系，需要分好多天才能刊载完。而当时的尼克松政府通过司法途径申请禁止令，使得报纸的报料差点中途戛然而止。这就不像网站，一瞬间，世界各地的人只需要一部电脑就可以得到全部资讯，而对于美国来说，要制止，为时已晚。

当然，美国政府并没有尝试通过法律途径来禁止资料的传播，因为在现在，要终止传播已经是不可能的了。不过更重要的是，当年美国政府的司法部试图用危害国家安全的理由，要求法庭发出禁止令，但是最终，在高等法院败诉。这一案件也成为了保障新闻自由的一个标志性案例。

其实，当年《纽约时报》的记者拿到了那些越战资料之后，从来都不是记者一个人去面对政府的干涉，而是整个报社，从下至上在共同面对。这是一个非常简单的道理，报社如果因为这些资料的刊登而被美国政府告上法庭，那也就不是这个记者一个人的事情，而是整个报社的责任。因此，报社在处理这些资料的时候，第一时间要做的事是寻求律师的法律意见，在确定从法律的角度存在可辩护的空间之后，才着手进行资料的整理，并决定刊登。而公司的律师团队，此时早已做好了要上法庭的万全准备。因此，当司法部在法庭上提出《纽约时报》的报道当中的哪些细节描述触及了哪些机密的时候，《纽约时报》的律师团队总是会飞快地提出反证，证明这些细节描述在某年某月的公开资讯当中可以找到。

媒体报道引发法律风险，这是非常正常的事情。同样正常的情况是，只要记者在采访的过程中个人没有触犯法律，而只是因为刊登的报道引发了纠纷的话，承担责任的从来都应该是媒体，而不是写这篇报道的记者。因此，记者是没有后顾之忧的，因为工作而产生的问题，供职的媒体是有责任来面对和解决的。针对记者的诉讼是无法成立的。

专业的媒体，审核程序大致相同。记者完成了一线采访之后，还需要经过编辑这一关，编辑的责任就是要针对记者的稿件多问“为什么”，减少报道当中存在的漏洞以及经不起推敲的地方。如果一篇稿件涉及的问题相当敏感的话，还需要额外的审核。就好像当年，看到《纽约时报》因为刊登越战资料被告上法庭，终于拿到了越战资料的《华盛顿邮报》的高层们因无法判断是否能够承受得起可能因此而引发的法律风险，结果是由报社的发行人最终拍板，才决定刊发。

很多人经常会问：谁来监管媒体？媒体本身是需要在法律允许的范围之内运作的。不过政府可以通过法律来限制媒体，也可以通过法律来保护媒体，让媒体能够更加放心大胆地进行舆论监督。比如英国的诽谤罪起源于 16 世纪，亨利八世为了打击政治异己而有了诽谤罪。美国参议院在 2010 年 7 月底通过了一项法案，专门用来保护美国的记者、作家以及出版业者不受“告洋状者”的诽谤诉讼的侵扰——因为法案的支持者认为在英国、澳大利亚、新加坡等这些国家，以诽谤罪起诉非常容易，这使得很多人跑到这些国家来“告洋状”——只要国会众议院通过，奥巴马签字之后就会生效。

如果认为媒体的报道有问题，那么用法律的方式，当然要比用其他的方式，比如恐吓、威胁、收买或者是行政命令要进步得多，或者更准确地说，法律是最理想的解决方式。但问题在于，如果法律成为被报道一方的借口而被人滥用的话，那就变成了更可怕的事情，因为对于媒体和媒体人来说，他们就找不到其他维护自己权利的途径了。

如果说所谓的新闻自由都是相对的，就算是独立的商业媒体，在关键问题上，最终还是要由老板来决定。也因为这样，一个老板的抱负和眼光，往往可以决定一个媒体的品格。但是，当纠纷出现的时候，尤其是作为官方拥有的媒体的报道，涉及的只不过是其他的商业机构的时候，法律在这个时候，却成为对方的武器，媒体毫无招架之力，那就变成了一件很诡异的事情了。如果说是官商勾结，但被攻击的媒体，本身不就是“官”的一部分吗？

负责任地做国际新闻

当我们批评某些外国媒体在报道中国时"太 CNN"的时候，我们这些新闻从业人员有没有反省一下，自己在报道国际新闻的时候，是否也存在"很 CNN"的情况呢？有没有犯过新闻翻译不准确的错误？有没有在有意无意间，把自己想说的话塞在了某一家外国媒体身上，或者某个所谓的外国被访者的身上呢？有没有在使用图片配合新闻的时候用错了照片？有没有查证过某一段新闻的最原始来源？

如果从来没有犯过这样的错误，那么恭喜，因为你是一个负责任的国际新闻报道者。因为要做到不犯这些错误，需要一丝不苟的专业态度，还需要语言能力、新闻触觉，还要有足够的见识，以及愿意花很多的时间钻研。报道国际新闻，90% 的情况下，我们这些从业人员并没有在现场，而是转述其他外国媒体或者通讯社的报道。即使在现场，也很难保证不会因为沟通的问题，或者自己本身的知识限制，又或者是理解能力误差，而在报道的过程中出现不精确的地方。

不过，最可能犯的错误，就好像那些"很 CNN"的媒体一样，是对于国际新闻报道的不重视，或者说是没有用做本地新闻时那样小心翼翼、如履薄冰的态度。这是为什么呢？因为这些是国际新闻，不是发生在我们的受众所生活的地方，和我们的受众没有直接的关系。而最重要的是，那些有直接关系的人，看不到我们的报道。这一点，CNN 的压力要大很多，因为如果那些国际新闻发生的地方的观众懂英文，无意中看了电视，又无意中发现了错误，那就可能演变成一件让电视台很头痛的事情，也就有了这句“做人不能太 CNN”的调侃。当然，通常来说，这些批评对这些媒体不会有伤筋动骨的影响，基本可以忽略不计。

但是对于受众来说，确实是伤筋动骨的。受众对外界的了解，对这个世界到底发生了哪些事情的知晓，基本上都是依靠媒体。除非自己有机会亲历一些事件，问题是，即便是亲历，往往也只了解一个事件的一个面而已。而受众对于事实的了解多少，会影响他们所做出的判断，这些判断积累起来，会形成一种印象，甚至是价值判断。

所以，对于中国那些从事国际新闻报道的媒体，还有媒体的从业人员来说，责任很重大。你们自己的报道，影响到中国人对世界的了解，影响到中国人对国际局势做出一个正确的判断，也影响到中国人是否能够对自己有一个正确的认识。

要尽到媒体的责任，在现在的情况下，我想最重要的不是输入怎样的观点，而是尽量准确地告诉大家事实，不单单准确，而且要不进行筛选。因为只有多角度的、足够的、准确的资讯，才能让受众不惑于流言。媒体如果能够做到这一点，就已经是尽到了启蒙的责任了。

第三篇：

简单的理想生活

“我的理想生活非常简单：

旅行，

阅读，

和家人朋友在一起，

和陌生的朋友们分享心得和见闻。”

法式幽默?

有一部电影在法国非常卖座，叫《Qu'est-ce qu'on a fait au bon dieu？》，中文名叫做《岳父岳母真难当》。

电影讲述一对法国中产夫妇，丈夫是专业人士，妻子是家庭主妇，他们都是白人和虔诚的天主教徒。他们有四个女儿，三个嫁给了三个移民家庭的孩子，丈夫分别是来自阿尔及利亚的穆斯林、来自以色列的犹太教徒，以及来自北京的不信教的中国人。

当然，他们都是在法国出生长大的法国人。影片里有这样一个场景：三个年轻人尽管有很大的不同，但在唱法国国歌时都表现出一样的自豪和投入。因此，尽管对三个女婿的文化、宗教背景和生活习惯颇有微词，一家人最终还是能找到和谐相处的方法。而这种和谐景象的展示，就是三个女婿在圣诞夜和丈人、丈母娘一起上教堂，而且很享受唱圣歌的那一刻。

到第四个女儿婚事的时候，这对夫妇的容忍度显然到了临界点。小女儿终于找了一个天主教徒，却是来自法国前殖民地科特迪瓦，来法国寻找发展机会的非洲人。三个女婿联手，希望找到这个未来连襟的错处，好让双方分手。更有趣的是，其实男孩远在科特迪瓦的父亲一样不欢迎这门亲事，因为曾为法国殖民政府工作的他仇恨法国人，觉得自己被抛弃了，认为法国人都靠不住。

后来的发展自然是大团圆：彩虹家庭，和睦相处。这就是电影要传递的信息——尽管肤色、宗教信仰、文化背景，甚至生活习惯不同，但最终大家都是人，只要相互包容、理解，尝试去接受、尊重和感受彼此的不同，还是可以像家人一样相处。

圣诞节时，丈母娘为迎接三位女婿的到来，特地准备了三只火鸡：犹太教的洁食（Kosher），穆斯林的清真（halal），当然还有中式烤鸡的做法。结果，三个女婿相互品尝彼此的传统食物，发现原来都很美味。

不过，这部电影可能无法在英国上映。看英国报纸的报道，至少英国电影发行商认为该影片充满了种族歧视。而在英国，歧视穆斯林、黑人和中国人是万万不可的，不仅政治不正确，而且可能引发争议。所以多一事不如少一事，发行商决定不引进该片。

到底哪些剧情或对白是政治不正确？报道引述了发行商举的例子，认为影片中的对白有太多带刻板印象、嘲弄不同种族的语言，比如把穆斯林形容为“阿拉法特”。

这倒是我在看电影时觉得特别好笑的地方。夫妇决定邀请三个女儿和女婿一起来过圣诞节，三个女婿得知消息后，对另外两个都用了不同的代名词：中国女婿称对方是“卡扎菲”和“伍迪·艾伦”，穆斯林女婿称另外两个是“李小龙”和“内塔尼亚胡”，犹太人女婿则把另两个称为“成龙”和“阿拉法特”。

电影里，三个女婿吵架时，相互攻击的语言还有很多。比如说中国女婿总是毫无原则，认为钱可以解决一切，而他的职业就是银行家。

很显然，影片把生活中很多人对不同种族的刻板印象都罗织在了一起。对于有些观众来说，听到这样的对白自然会很不高兴，甚至会觉得受到了冒犯，这就是英国发行商担心的原因。这倒是个非常有意思的现象：在法国，白人之外的移民以及移民二代已经很多，一亿多欧元的票房收入中必然会有他们的贡献。为何在法国这部电影让大家看到的是正面的力量，也没有引发某个族群或者一些人的抗议呢？

歧视哪里都有，种族、文化、地域等等，很多时候，人们为了政治正确或避免惹麻烦，会非常自律自己的言行，但这是否意味着心理上就不存在各种偏见呢？如果是这样，避而不谈会不会更糟糕呢？

不少美国学者批评奥巴马在当选后，把种族歧视问题放在了一边。这也是美国社会的问题之一，认为选了一名非洲裔美国人当总统，创造了历史，少数族裔被歧视的问题就解决了。但弗格森事件[①]的持续燃烧，证明事情不但并非如此简单，反而暴露出了奥巴马不正视这个问题的后果。而弗格森事件之所以有其历史意义，是因为它迫使美国社会去正视这个问题，而不是继续自我欺骗。

一篇美国影评人的评论，觉得这部电影除了充满歧视和偏见的对白，还有就是推销和睦相处信息的手法过于直接，甚至有些肤浅。因为在现实

①发生在2014年8月9日的美国枪杀黑人事件。

社会，这样的家庭遇到的问题远比电影里的要复杂得多。影评人还提到了一部美国老电影：《猜一猜，谁来吃晚餐？》。

他，她，他们

闲来无事逛到电影院，看看手表，我挑选了一部马上就要放映的电影。看过预告片，应该是一部爱情片，片名叫《The Disappearance of Eleanor Rigby：Him》，中文翻译成《她消失之后》。

检完票走进电影院，扫过两张海报，在这部电影旁边紧连着《The Disapperance of Eleanor Rigby：Her》，中文即，《离开他之后》。海报中的男女主人公显然很相似。不过我当时没有多想就走进了电影院。

电影看了一半，我才忽然意识到：我需要看另外一部，也就是我瞟到的那张海报。因为在这部电影里面，几乎都是男主角的独角戏，我只看到一个悲伤的男人，妻子离开又回来，而他总是不明白妻子是怎样想的。

其实，作为一个观众，我也不太明白他的妻子为何这样对他。但是作为一个故事的旁观者，我又明白，如果能够知道更多关于她的事情，我的疑惑或许就会被解开。

幸好，紧接的这场《Disappearance of Eleanor Rigby：Her》还有票。虽然已经不早了，但是作为一个影迷，只看到一半的故事，我自然不会心安。

因为看到了离开他之后的她的生活情景，于是明白了当她面对他时会说怎样的话，做出怎样的选择，会有如此复杂的感情和反复。

我不想剧透，但看到一些影评，有些人觉得应该先看她，再看他。而我却觉得，应该倒过来。我不知道这是不是就是男女的区别，因为我会觉得，幸亏我先看了他的故事，才会有如此多的疑问，如果先看了她的故事，那他到底怎样，至少我，已经不会太关心了。

因为是关于两个人的故事，而故事讲述的又是发生在同一个时间段的事情，因此两部电影中，当两个人相遇的时候，场景自然相同。不过有意思的是，导演选择的对白却是有些不同的。但是，真实生活中不也是这样吗？男女之间，同样的场景，记忆可能完全不同。各自记得的，是不同的对白，甚至连情节也有所偏差。

第一次看用这样的手法拍摄的电影，感觉有点像一对男女吵架分手，男方在酒吧喝酒，向自己的哥们儿倾吐，他自然有自己的一套说法版本；而女方和自己的闺蜜讲述的则是另一套自己理解的版本。相同之处在于，他和她都想不通，对方为何要这样对待自己，为何要这样做。他们都在问自己，问身边的人：他/她爱不爱我？

其实这是一个简单得不能再简单的故事，几乎没有曲折的情节，讨论的也是一个简单的问题：当一对夫妻共同遭遇人生悲剧的时候，应该如何去共同面对？自我一点的人可能只会想到自己要如何振作，忘记了别人也是悲剧中的一员；不善言辞的人可能以为自己最亲近的人理应了解自己，却忘记了即便日夜面对，也可能在心灵上相隔千里，有些话还是要说出来对方才会明白。

作为一个旁观者，我觉得电影中的他和她有些时候有些令人厌恶，因为承受了悲剧的身份，于是理所当然地享受着周边人对他们的溺爱。

但是反省一下自己，其实我不也常常会这样吗？如果失恋或者遭到其他的人生挫折，于是就有了一个一蹶不振的理由，不再顾及家人和朋友的感受。其实如果不是因为他们爱着自己，如果远远旁观自己的话，同样会觉得令人厌恶吧？

当一段爱情故事的男女主角被分开，各自变成电影的唯一主角之后，你会发现，原来对于每个人来说，自己才是最重要的；只有做好自己，才能更好地和爱人、家人以及朋友相处。

女主角的名字叫做爱莉诺·瑞格比（Eleanor Rigby），与“披头士”乐队的一首歌曲同名。电影导演奈德·本森（Ned Benson）说，他在写剧本之前一直在听这首歌：

爱莉诺·瑞格比

拾起教堂里的米粒，婚礼刚结束

她活在梦里

她在窗前等待

脸上挂着存放在门边瓮里的表情

是为了谁？

这些孤独的人

他们来自何方？

这些孤独的人

他们归向何处?

导演说自己被歌词打动，于是写了这样一部描述孤独的人的剧本，拍出了这样的两部电影。准确地说是三部电影，最先放映的是《Disappearance of Eleanor Rigby：Them》——暂且翻译成《他们的故事》。

选择和平共处

电影《猩球崛起 2：黎明之战》(Dawn of the Planet of the Apes)上映了。导演马特里夫斯说："这部影片整体围绕两个家庭讲述，一个是人类的家庭，一个是猿族的家庭。我们聚焦的问题是，以这两个家庭为代表的两个种族之间，是否有和平共处的可能性。电影里没有所谓的坏人，因为在影片中，这两个种族都充分有效地展示了以自己生活经历为基础的观点和立场。"

我从来不觉得这个系列的电影是在讲述人类和另一物种之间的冲突，而是把它们看成一种寓言的方式：电影中的猩猩和人类都是我们中的一部分。如果说 2011 年上映的《猩球崛起》讲述的是被奴役者的觉醒和反抗，那么这一部则开始探讨两个族群，或者说国家和地区之间，是否可以抛开昔日恩怨，避免战争和冲突。

要把电影套入现实，或者只需要把电影中的猩猩和人类，换成两个地方、两个民族、两种宗教亦或是两个国家即可。

导演确实在电影中重复展现了因为各自的生活经历，从而导致的不同观点和立场。比如对人类充满仇恨的猩猩，因为对人类的记忆只有折磨和虐待，从来没有学习过爱。仇恨让它对人类充满戒心，而人类一次次的失信和敌视，更加深了它的仇恨，并使它坚信，如果不先下手为强，消灭或奴役对方，自己和同胞就会被对方消灭或压迫。它无法接受和人类并存的世界，因为在它的认知中这是不可能的，结局只有你死我活。

此刻我眼前浮现的，是从耶路撒冷经过以色列军警的关卡，进入约旦河西岸巴勒斯坦自治政府首都拉姆安拉时，迎面而来的隔离墙。墙上的涂鸦风格对我来说一点也不陌生，前些年在朝鲜平壤街头也看到过。这里没有美帝，但有被勇武的巴勒斯坦人踩在脚下的以色列侵略者。

当时我感受到的，是一种仇恨。而这种仇恨，也同样存在于以色列。

以色列记者吉登·列维（Gideon Levy）写了一本书，书名叫《反面教材，惩罚加沙》（The Punishment of Gaza）。他在后来接受英国媒体访问时指出，他尝试让以色列人看到，巴勒斯坦人和他们一样，也是活生生的人。

"每一个以色列人从小就被政府洗脑，我和别人一样，都是洗脑系统的产品。我们被灌输一些非常难打破的观念：我们以色列人是独一无二的，也是唯一的受害者；巴勒斯坦人生来就该被消灭，他们和我们是不一样的人，对我们的仇视是非理性的。于是我们的社会就变成了一个对这种观念没有道德怀疑，没有疑问，也没有公共讨论的社会。在这种环境下，要提出反对观点非常困难。"

对于以色列强硬派来说，质疑政府，强硬回击巴方恐怖活动，就是对国家的背叛。只有这样才能保卫国民和土地。如果想进一步讨论巴方暴力的根源到底在哪里，则更被视为政治不正确，是在合理化恐怖行动。

那为何以色列又会出现列维和很多自由派的声音呢？

列维说，这源自他的生活经历：父母是犹太难民，这使得他对难民的生活状态更有感触。正因为这样，他服兵役时才有机会进入被以色列占领的巴勒斯坦地区，其他以色列人觉得理所当然的行为，他看到的却是不公。他看到检查站的以色列军人粗暴地对待巴勒斯坦人，看到在占领区，当巴勒斯坦人需要医疗救助时，救护车却姗姗来迟。他不像有些以色列人，去西岸伯利恒圣地游览时对巴勒斯坦人视而不见。巴勒斯坦村落的贫穷让他震撼。

电影中，猩猩领袖凯撒代表的是理性温和的一方，承认选择无条件相信自己的同类是一种致命错误。在现实生活中，“非我族类，其心必异”的思维方式却大行其道。

列维被同胞视为叛徒，而世界各地声援加沙的人，又有多少是在忽视或合理化哈马斯的行为？游行中的反犹标语，各地针对犹太人产生的肢体冲突，显然已把以色列和哈马斯之间的冲突，上升为所有犹太人和阿拉伯人之间的战争。这使得哈马斯在每次军事冲突过后，会获得更多阿拉伯国家的支持。

主张和平，尽力避免战争的凯撒，最终还是要走上战场，因为极端强硬派的行为会加深双方的仇恨，即便原本它们只是少数，最终却能绑架大多数。

这个时候，选择不战是最理智的，可是，这需要双方都有这样的魄力和智慧。现在的人类，做得到吗？

爸妈不在家

新加坡电影《爸妈不在家》，讲述的是1997年金融风暴期间，发生在新加坡的一个三口之家和他们的菲律宾家佣之间的故事。

电影在香港引起不小反响，因为这是不少香港家庭的真实写照，根本不需要金融风暴这样的特殊背景。父母为了生计外出打工，每天早出晚归，于是照顾孩子起居甚至学习的工作，全部交给了家佣。毕竟从经济收入的角度来计算的话，夫妻俩全都外出工作、赚钱、供楼，再聘请一个家佣照顾孩子，这样还是划算得多。

电影里面描述了这样一种场景：孩子和家佣朝夕相处，对家佣的依赖甚至超过了父母。这又让不少观众产生共鸣，因为这正是在不少家庭中发生的事情。一些主人因为嫉妒索性更换家佣，也有些主人心情极度矛盾，一方面觉得幸运，找到一个如此真心爱护孩子的帮手；一方面又觉得抗拒，甚至感到受到了威胁。

电影里面有这样一个场景：小主人看到家佣因为思念自己的孩子，半夜偷偷流泪，就批评她不该为了赚钱而不管自己的孩子。家佣反问小主人，你的爸爸妈妈不同样是为了赚钱，所以才需要家佣来照顾你吗？

电影中的小主人虽然每天和爸妈相处的时间不多，但是和那个没有在电影中出现过的家佣的孩子相比，他要幸运得多了，因为那个孩子的妈妈是真的不在家。

每个周末，香港中环汇丰银行下面的空地上，以及那附近的天桥上，就会坐满来自菲律宾的家佣们。她们的休息天就是离开雇主的家，和同乡们一起在街头度过。2013 年，香港有接近 30 万外籍佣工，来自菲律宾和印尼的差不多各占一半。

虽然根据合约，做满一年，她们就可以有七天年假回去探亲，但是为了节省机票开支，大部分外佣还是选择把钱省下来寄回老家。虽然她们也很想念家里的孩子和亲人，但是权衡之后，还是觉得钱可以给他们更实际的帮助，可以让他们的生活变得好一些。

留守儿童是一个全球性问题。有学者估算，菲律宾最多有 600 万名儿童因为父母到海外打工而留守家乡，由亲戚或者熟人照顾；印尼的留守儿童大约 100 万；东欧摩尔多瓦超过一半的儿童，因为父亲或者母亲外出打工而在单亲状态下生活；乌克兰的留守儿童大约有 900 万；而在中国农村，根据中国媒体的报道，留守儿童已超过 6000 万人。

如何处理留守儿童问题？最理想的方式当然是在这些孩子的家乡提供足够的工作机会，这样，孩子们的父母就无需背井离乡，外出打工了。但是这需要时间，现在还根本看不到希望，于是最直接的方法就是让父母有能力带上孩子一起外出打工。

带着孩子又涉及两个问题：一个是收入是否足以支付孩子的教育和

生活费用；另外一个就是孩子是否可以获得合法的身份。这点对于欧盟成员国来说，已经得到了实际的好处，因为成员国之间可以自由来往，从一个欧盟国家到另外一个欧盟国家打工的父母可以频繁探望孩子，而孩子也可以随时去看望父母。最近，乌克兰为了是否加入欧盟而闹得不可开交，对于乌克兰人来说，加入欧盟的一个最直接的好处就是可以自由出入欧盟其他成员国，而这种便利，肯定会让乌克兰庞大的留守儿童家庭受益。

在中国内地，从农村外出打工的家庭很大部分已经有了和孩子们一起生活的经济能力，但因为孩子的教育最终涉及户籍问题，而不得不选择把孩子送回家乡，放到寄宿学校或者交给家中的老人、亲戚、熟人照顾。

关于留守儿童的问题，国外相关的研究很多，尽管国家不同，但是面对的问题很相似。比如社会学家对摩尔多瓦留守儿童的研究显示，几乎百分之百的被访留守儿童曾经遭到过性侵犯，因为没有人教过他们如何保护自己的身体。这让我想起去年采访一名遭到老师性侵犯的农村留守儿童的父母，母亲不停地自责没有教女儿应该怎样防备坏人。那是一个小学五年级的学生，而她并不是班上唯一的受害者。

并不是因为父母离异，也不是因为父母身亡，却见不到爸爸妈妈，心理学家认为，对于孩子来说，这会造成他们心灵上的莫大创伤。不过，和我同龄的人很多从小都没有和爸爸妈妈一起长大，这不是父母个人的选择，而是因为我们生活的时代所限。

现在，我会觉得这是非常遗憾的事情，而且也开始意识到爸妈不在家所带来的影响。尤其是自己做了妈妈之后，一直到现在，我还在不断学习如何做个称职的母亲、妻子。也因为这样，我常常觉得对家人很不公平。只是人生不可能重来，唯有希望我们的下一代可以拥有一个正常的家庭模式。

打开自己那扇门

根据法国作家雨果的小说《悲惨世界》改编的音乐剧被搬上了银幕，看过小说的人应该都记得芳汀这样一个人物：一个来自农村的年轻女孩，在纺织厂里打工，因为被所爱的人抛弃，为了养活女儿受尽凌辱。在那个时代，有私生子是被人看不起的，而芳汀的美貌，一方面被工头垂涎，一方面被其他女工嫉妒。

剧中展现了这样一个场景：好色的工头想占芳汀便宜，被她拒绝了，但是这一举动又让其他想讨好工头的女工心生愤恨，于是指责芳汀是荡妇，双方因此而扭打起来。工头乘机报复，芳汀被赶出了工厂大门。那一刻，那些女工的面目是凶狠而冷酷的，芳汀的哀求丝毫不能引起她们任何的同情心。接下来，芳汀不得不出卖自己的头发、牙齿，还有身体，出卖她所有的自尊，为了赚钱养活寄人篱下的女儿。

出狱的冉·阿让找不到工作，甚至找不到一个能过夜的地方，因为他曾经坐过牢，现在又身无分文，没有人愿意帮助他，直到他遇到一位改变了他一生的主教。

我在想，每个人就好像社会中的一道门，如果说一个社会没有出路，看不到希望，那是因为所有的门都关上了，而关上门的人，一定有我有你也有他。

只是，为何没有人愿意去打开门呢？为何民众之间的倾轧是如此凶残、无情？这一切又到底源自哪里？

2012年时，托克维尔的《旧制度和大革命》这本书在中国被很多人谈论，因为有国家领导人推荐了这本书。如果说雨果通过笔下的人物，说明所有的苦难来自于社会的压迫，那和他同时代的托克维尔则尝试说明压迫的来源，那就是专制制度："在这种社会中，人们相互之间再没有种姓、阶级、行会、家庭的任何联系，他们一心关注的只是自己的个人利益，他们只考虑自己，蜷缩于狭隘的个人主义之中，公益品德完全被窒息。专制制度非但不与这种倾向作斗争，反而使之畅行无阻；因为专制制度夺走了公民身上一切共通的感情，一切相互的需求，一切和睦相处的必要，一切共同行动的机会；专制制度用一堵墙把人们禁闭在私人生活中。人们原先就倾向于自顾自的话，专制制度现在使他们彼此孤立；人们原先就彼此凛若秋霜，专制制度现在将他们冻结成冰。"

《悲惨世界》中的德纳蒂夫妇就是托克维尔所描述的毫无公共品德的人，一对狡诈的小旅馆夫妇，后来成为卑鄙和毫无道德意识的贼。他们对自己的儿女都缺乏情感，只有利用。

不过，即便是在专制制度下，也有追求自由的心灵，比如那些在巴黎街头筑起街垒，要求自由平等的大学生。而在雨果的笔下，自私贪婪的德纳蒂夫妇却有一对牺牲在街垒前的儿女，他们勇敢地追求更新的生活、更新的制度，他们虽然出身卑微，但是他们勇敢而无私。

主教向冉·阿让打开了他的那扇门，让一个原本憎恨社会的人有了洗心革面的决心，也有了重新开始的机会；冉·阿让又打开了他的那扇门，帮助那些找不到希望的人们，帮助芳汀养大了孩子；而德纳蒂的儿女，还有那些坚守街垒的大学生，他们同样打开了他们的门。尽管会有付出，会有风险，最终甚至牺牲生命，但是如果没有这些门的打开，社会如何会自己进步？旧的专制制度又如何会自己消亡？

在这新的一年即将来临之际，我的耳边一直回响着电影中的那首歌曲："你听到人民的歌声吗？"歌声越嘹亮，打开的门越多，意味着希望更多。

他才不在乎呢！

一个出生在农村的男孩，父母终于在村干部的劝说下，同意送他上大学。因为家里的收成越来越不好，父亲觉得，让儿子读完农业系，毕业后再回家种地，总会有好处。

儿子住在城中亲戚家，靠做苦工来支付食宿。第一年，他很努力地读书，但只是为了努力读书；第二年，他忽然明白了为何要上大学，并且决定不再读农业系的任何课程，而全部选了文学系。这一切都是因为他遇到了一位老师，这位老师在课堂上背诵了一首莎士比亚的十四行诗：

“你会在我身上看见那仍在发热之火燃烧着它青春的灰烬，

它必将熄灭于病榻之上耗尽了维生的养分。

因你所见，将是你热爱更强烈热爱那即将离你而去之一切。”

他从此爱上了文学，爱上了读书，决定和过去的自己道别，和农村的父母以及土地道别。得知他的决定，他的父亲只是简单地告诉儿子：“如果你认为要留在这里读你的书，那便做你该做的事情。”

他留在大学，从讲师慢慢变成了教授。他热烈地爱上了一位来自富足家庭的女孩，后来这女孩成了他的妻子。此后的一生，他忍受妻子的缺点，忍受不成功的婚姻；在他中年的时候，他有了一段婚外情，这让他找寻到生命的乐趣和意义，虽然最终还是无疾而终；他坚持原则，于是遭遇办公室政治，失去了很多晋升机会；最后，他患上了癌症，和这个世界告别。

这就是斯通纳（Stoner）的一生，这部同名小说《斯通纳》出版于1965年。他出生在100多年前的美国，一战发生的时候他正在读大学，他经历了美国大萧条，还有二战，但是这些和他的关系都不大。他没有像他的好朋友那样投笔从戎，他选择一直呆在象牙塔里面，因为这是他想要做的事情。

在不少人看来，这是一个普通得不能再普通的人的一生：一份稳定的工作，一份维持的婚姻，唯一的特点是他依靠读书改变了命运，不用再回家种地了。

斯通纳也回想过自己的一生，他觉得是满足的，因为他付出过，付出给文学，付出给爱情，付出给学生。

作者这样谈他笔下的这位主人公（阅读的时候，总觉得作者在这个角色身上倾注了不少自己的影子）：

“我认为他是一个英雄。很多人看了小说后认为斯通纳竟然有如此糟糕的一生。我认为他的一生极为美好。他的一生比别人都好，这是毫无疑问的。他做他想要做的事情，而且对所做的事情怀有感情，他认为他所做的事情有其重要性。他是重要价值的见证人……缺乏爱，就是坏老师的定义……你必须保有信仰。重点是要让传统继续运作，因为传统就是文明。”

这是作者约翰·威廉斯 1985 年从丹佛大学退休后，罕见地接受采访，并谈论他笔下的这个人物时说到的。在这次采访中，他埋怨大学教育偏离了原本纯粹学术的性质，朝向一个纯粹功利、讲求效率、量化结果的方向发展。

而作者对大学教育的执着，在小说中也体现在斯通纳的身上。他由于反对通过一个学生的博士论文答辩而得罪了上司，因为他觉得这个学生缺乏基本功训练。当然，结果那位学生最终还是拿到了学位，而他则和上司 20 年没有直接对话，并且不断被穿小鞋。而有意思的是，这件事情变成了大学里面人们都在谈论的故事，故事中的斯通纳，有时候是一个捍卫原则的英雄，而有时候是一个懦夫，有时候还是一个公报私仇的人。

我马上也要开始我的博士生生涯了，这个时候读这本小说，我感觉非常有趣，因为大学，尤其是老师们的生活，于我是十分陌生的。或许，在我过去曾经遇到的大学老师当中，就有不少像斯通纳一样的人，而未来，也会遇到。

小说的第一页，描写人们对斯通纳的印象：

“斯通纳的同事在他生前并没有特别敬重他，现在已经很少提起他；对于老一辈的同事们来说，他的名字提醒了他们终将到来的结局；而对稍微年轻的一辈，他的名字只是一种声音，这种声音无法召唤起他们的历史感，或与他们自身或事业有任何关联的身份认同。”

可是，这又有什么关系呢？这是别人的感受，又不是自己生活。他才不在乎呢！

不要去杀死那只知更鸟

《杀死一只知更鸟》（To Kill a Mockingbird）出版于 1960 年，写的是 1936 年发生在美国南部阿拉巴马州一个小镇上的故事。

30 年代的美国正是大萧条时期，很多人生活窘迫，这点在小说中有很多描述。对于刚刚上小学一年级的女主人公来说，有很多事情是她很难理解的，比如为何做律师的父亲不收别人的律师费？为何有的同学没有钱吃午饭？为何有些人住在垃圾堆旁边？

那时候的美国黑人既没有投票权，也不能担任陪审员，但是同时因为美国的自由主义政策，黑人的权利又有了有限的进展：黑人有了最低工资保障，黑人开始出任政府低级的行政职位，高等教育方面也开始消除隔离政策。对于黑人不平等地位的同情开始在民间蔓延，但是在南方依然受到抵制。这就是为何在小说中，女主人公的父亲因为为黑人辩护而被不少人辱骂，甚至威胁到他的生命安全。

而同样在那个年代，虽然女性已经有了投票权，但是女人依然不能担任陪审员，社会对于女性角色的认知和塑造，以现在的眼光来看，充满了性别歧视。这一点，小说中作者对于多名女性角色的塑造，以及书中年长的女性对于她——一个小女孩应该如何成长的分歧中，表现得异常充分。

有意思的是，作者通过十岁的女主人公的感受，让种族歧视和性别歧视以及阶级歧视这些问题缠绕在一起，展现在读者的面前。

60 年代的美国，黑人平权运动正在兴起。1961 年，美国总统肯尼迪签署总统令通过《平权法》，规定政府以及政府承包商在招聘雇员时不能考虑申请人的肤色、宗族、信仰等，到了 1964 年，国会通过了《民权法》，成立了平等就业机会委员会。但是，禁止性别歧视是到了 1967 年才被加入到反歧视条例中的。

作者哈伯·李（Harper Lee）是从 50 年代末开始创作这部小说的，通过这部小说，她抗议美国社会中存在的种种不平等，从种族，到性别。小说出版后获得了巨大成功，还获得了当年的普利策奖。1962 年，根据小说改编的同名电影获得了奥斯卡奖。配合当时的社会背景，我们可以看到，文学作品，不管是文字还是电影，在推动社会发展中所起的作用。

人们通过小说中的人物，看到了宽容和同理心的重要；通过小说中人物的遭遇和悲剧，寻找捍卫道德的力量。书中的父亲，一位专业正直的律师，直到现在都被无数人视为英雄，激励无数人去做一个用法律来维护公义的人。

不管是黑人权利还是女性权利，还有小孩心目中对于成年人设定的阶级歧视的抗拒，说到底都是关乎社会中的公正问题，关乎到一个社会的道德标准问题。人们因为歧视、偏见、无知，或者自私自利而去损害另一群人的利益，这是不是可以被接受？是不是值得鼓励？是不是应该因此而觉得羞愧呢?

而书中的父亲之所以被视为英雄，是因为他是属于极少数愿意站出来，冒着风险，捍卫道德底线的人，而大部分的人都属于远远观望的类型。一个社会是否能够变好而不是变坏，在于那些观望的人能不能站出来。

“不能认为我们在此之前已经失败了一百年，就认为我们没有理由去争取胜利。”这是书中的父亲讲过的话，他还说，“在我能和别人过得去之前，我首先要和自己过得去。有一种东西不能遵循从众原则，那就是人的良心。”

这本小说从 60 年代开始，就是英语国家的中学生指定读物。这是一本从小孩子的视角来看世界的书，也是一本记录如何在父辈们的教育下成长，如何和一个复杂甚至残酷的世界相处的书。我是在长途飞机上读完这本小说的，作为一个成年人，我通过这样的阅读，学着和书中的孩子一起学习，成为一个有同理心、善良，和具备勇气的人。看到书中的人们最终能够坚守底线，不去杀死那只知更鸟，真是一个相当奇妙的阅读旅程。

读洛克的《政府论》

我最近读完了洛克的《政府论》。要了解美国的宪法精神，这是必须要阅读的书籍之一。在《独立宣言》里面，我们可以看到美国的建国者也是受到了洛克思想的影响。

说到洛克，必须要提罗尔斯（Rawls），他和洛克被视为自由主义的两个方向。

洛克认为，政府的责任是保护个人的财产，私人财产应该具有道德支持，因为是个体的劳动付出才实现了个人财产的拥有。

罗尔斯认为，个人财产的拥有并不是个体可以控制的，很多时候是因为先天原因，因此政府需要承担财富再分配的责任。

洛克 VS 罗尔斯，被视为自由主义 VS 福利主义、自由 VS 平等之争。

而如果从美国的宪法精神来看，美国的现状似乎更接近洛克的思想。美国梦的本质，美国宪法和政府保障的个体权利即：生命，自由，和对快乐的追求。

把美国和欧洲国家进行比较，可以发现，民主、共和两党尽管在政府的指责上有一些区分，但是和例如英国的工党以及欧洲其他的左翼政党还是有很大区别的。尽管罗尔斯是一位美国学者，他的《正义论》（A Theory of Justice）也具有里程碑意义，是美国法学院的必修课程，对于美国的法律界有深远影响，但是在再分配以及政府权力的问题上，美国的左翼远远没有走到民主社会主义的方向。现在的奥巴马被称为是个“社会主义者”，可见一些人对于政府权力无限大的警惕。在洛克的追随者们看来，罗尔斯的理论有他的天真之处，那就是如何对政府限制权力，谁有权决定，怎样才是对社会最好的决定。

这里谈论的左派和右派，都不否定自由原则和平等原则，都警惕和反对独裁，追求公平和正义，但是在实现的方法和途径上，又持有不同看法而已。

接下来，我要开始读卢梭的《社会契约论》（Du contrat social ou Principes du droit politique），了解个体如何参与到民主生活中。

读书的不可替代性

2015年离职之后，我去了一周美国，为八月份开学做准备。借着旅行，也给自己没有认真阅读找到了理由。就这样，两个星期被荒废了。

继续阅读亚里士多德的《政治学》，听耶鲁大学的公开课。

政治学的目的是什么？亚里士多德认为，是为了积累政治知识，但是积累政治知识的目的又是什么？是为了实现善政。他认为政治学是教授治国者（Statesman）的一门学科，而治国者作为一个国家的创建者，需要为一个国家建立宪政框架。而政治学的训练，就是让治国者有掌舵的能力。

他强调实践性智慧（Practical wisdom）的重要性。对于这一点，柏林有更加详细的论述，他把科学家和政治家进行了比较，在他看来，一些擅长心理小说的作家，便是拥有这种实践性智慧、擅长谈判、懂得如何做决策的人。

亚里士多德认为，作为一个治国者，或者是一个潜在的治国者，需要拥有这些能力：

- 建立一个理想的国家
- 如果暂时无法达至理想，那至少应该努力做到最好

- 知道如何让一个国家稳定

- 拥有游说、谈判的能力

如果和当今的政治学相比较，亚里士多德更多的是在讲述统治的能力，针对的受众是大众以及统治者，关心共同的善；而当代的政治学则是抽离的，关注纯粹的政治学术，似乎是从另外一个星球来看我们这个世界，力争中立。

在亚里士多德的书中，我们可以看到美国的影子：宪政，分权。

接下来，我要开始读马基亚维利的《君主论》。

说到读书，今天看到一篇文章很有感触：读书就是要读原著，依靠吸取二手知识，是不可能真正读懂一本书、一个理论，从而学会自己来理解的。

所以，任何人的读书笔记都是参考，觉得有意思，那就自己捧起书，读一遍。别人是无法代替自己读书的。

周末，一本书，一部电影

用周末的时间看完了张爱玲的《小团圆》。虽然算不上是个张迷，但是从20年前接触张爱玲的作品开始，她的所有已经出版的作品我也算陆陆续续都看过了。有一段时间，每次到书店买书，最终还是会抱回张爱玲的作品，尽管已经看过很多次了。

看《小团圆》是因为和所有喜爱张爱玲的读者一样，只要是她的作品，总是要看的。肯定不是冲着出版商标榜的“最后”，或者是一些推介所写的：这本张爱玲的自传体小说，争议性不输《色戒》。这些标签，放在张爱玲身上都显得太俗气了。

而且拿《色戒》和《小团圆》比较，其实很不公平，前者只是一个故事，而后者，则是一个人生，一个时代，准确地说，是跨越了几个时代，还有这些时代中的社会。当然，还有爱情和亲情，上一代的、这一代的都有。

《小团圆》的出版倒是真的存在争议性，有张迷表示，因为张爱玲当初表示过要销毁此稿，现在她死后，书出版了，作为读者可以做的，就是不买，不看，不评。不过到底张爱玲之后是否又改变了主意，也是有解释得通的地方，况且，既然已经出版了，也就不需要再纠缠此事。

不过对于研究张爱玲的人来说，毕竟，过去人们对张爱玲的印象，特别是和胡兰成的关系，大多来自于胡兰成在《今生今世》中的描写；而现在，人们终于不再只看到他的“一面之词”了。

看过《今生今世》，再来看《小团圆》，感叹爱情的纠结。同样的动作，同样的语言，同样的场景，当事的男女，写来却是完全不同的感受。因为各自对这份感情看重的程度不同，也对自己的看重程度不同。

周末看了一部电影，克林特·伊斯特伍德（Clint Eastwood）自导自演的《Gran Torino》，香港翻译成《驱逐》，台湾翻译成《经典老爷车》，国内翻译成《老爷车》。

Gran Torino 是美国福特汽车公司 1972 年重新设计的一款跑车。电影男主角是一名参加过韩战的美国白人，战后成为了福特汽车公司的一名工人，他拥有的这辆老爷车，就是他自己在流水线上装配的。而那个时候，越战进入尾声，男主角的邻居，一家老挝蒙族人，因为站在美国这一边，当 1975 年美军撤离时，他们也作为难民来到了美国。在一个新的地方，这些蒙族人需要适应的是文化和语言，年轻人所面临的，还有身份认同等问题。故事讲述的就是这个美国老人和他的亚洲邻居之间的故事。

我对伊斯特伍德就好像张爱玲一样，从最近这几年开始，他导演的电影我必看。2005 年他以《百万美元宝贝》（Million Dollar Baby）一片赢得第 77 届奥斯卡最佳导演奖，那年他 74 岁，是史上最老的最佳导演奖得主。2006 年他执导二部曲电影《硫磺岛的英雄们》（Flags of Our Fathers）与《来自硫磺岛的信》（Letters from Iwo Jima），分别从美国和日本的角度讲述了二战时著名的硫磺岛战役。最近的电影则有《别人的孩子》(Changeling)。

一个专演西部硬汉动作片的演员，导演的电影却总是那样让人充满惆怅，总让人忍不住对社会、人生和人性进行反思。

《老爷车》在北美的票房不错，不过在香港看来应该没有他的其他电影那么受欢迎。排片率很低，每天只放映一场，我担心片子很快下映，第一时间就来到电影院观看。尽管有很多有分量的影评，专业网站上观众的投票也都很叫好，但这部电影最终也没有得到一项奥斯卡提名。

估计电影里面那些大美国主义，带有种族歧视色彩的用词，对美国产业的保护精神，令以左翼占主导的奥斯卡评委们觉得太“政治不正确了”。连奥巴马都当总统了，怎可容忍这些？只是，政治正确的语言说起来容易，但现实中的美国，不就是在政治不正确中，不断磨合着向前进的吗？就好像那辆老爷车，电影中的伊斯特伍德，那个大美国主义的老人一样。

两段爱情，一段历史

旅途中看完了一本小说，德国作家本哈德·施林克（Bernhard Schlink）的小说《朗读者》（The Reader）。作者是一名德国的大学法律教授，也是一名法官，该书1995年出版，1997年在美国出版了英文翻译版，2008年拍摄了同名电影，不过我还没有机会观看。倒是在飞机上看了一部德国电影《Die Entdeckung der Currywurst》，英文翻译成《The Invention of Curried Sausage》（咖喱香肠的诞生），也是根据同名小说拍摄的，作者也是德国作家，叫乌韦·狄姆（Uwe Timm），这部小说写于1993年。

两部小说或者电影，都讲述了一段爱情故事。《朗读者》讲述的是一个15岁的少年爱上了比自己年龄大一倍的女人汉娜，汉娜之后不告而别。再次相见，少年已经长大成为法律系的学生，而汉娜则站在了被告席上，为当年参加党卫军，在奥斯维辛犹太人集中营工作的一段历史接受审判。而后者，则是讲述在希特勒溃败前的汉堡，43岁的女子在电影院的门口邂逅了一名被派去充当敢死队，抵挡英国坦克的23岁德国士兵，两个人看了会儿电影，就遭遇了空袭。于是，她把他带回了家，用食物和性爱留住了他。而他明白，敢死队只有死路一条，于是留了下来，躲在了这个陌生女人提供的庇护所里。为了创造多一些的快乐时光，女人迟迟没有告诉他战争已经结束了，他可以安全外出了。

两段爱情故事在世人看来都属于非正常，都发生在一个被战争破坏了的世界。但是在一个生命短暂、快乐更是短暂的年代里，这一切却又让人觉得，似乎又很顺理成章。不过爱情只不过是两个作者讲述的故事，他们真正要展现的，是战争对个人幸福所造成的破坏，以及个人在战争中扮演的角色，尤其是当你挚爱的人参与到这场战争中，成为众多个体中的一部分的时候。

参加党卫军的汉娜，因为自己是文盲，但是自尊心强的她不愿意让别人知道这一点，于是，为了躲避升职，她选择了加入党卫军的招募。她认为执行好自己的职责，看守好那些在集中营里的犹太人，不要让她们逃跑，就是自己应该做的事情。而在二战期间的德国，几乎每个家庭中的男子都加入了军队，女人们只能在家里祈祷男人们能够凯旋而归。即便再不喜欢这场战争，也不能表露出来，因为不管是邻居还是同事，谁也不知道会不会被告发。对于这场战争，在希特勒的宣传下，普通德国人并不知道有集中营、有大屠杀的存在。电影里面有这样一个场面：德国战败，英国人进入汉堡的时候，女主角伸手扯下路边头顶的白旗，但是，当她终于在战后从报纸上看到了集中营里的尸体的时候，她对这场战争充满了厌恶。

在德国，公开否认大屠杀是犯法的行为，这也就是为何最近由于罗马教皇恢复一名否认大屠杀的英国人的神职，连默克尔都要出面，要求教皇对这件事情做出澄清。德国天主教会的不少神职人员都认为，教皇必须阐明，否认纳粹大屠杀的言论违背了天主教教会50年来所遵循的同犹太人展开对话的立场。但是，战争结束之后，摆在大家面前的一个问题是：对于参与了这场战争的个人，整整的一代人，我们又应该如何去面对他们呢？

作为并没有直接参与到战争的一代人，自己的家人却大部分都和这场战争有着多多少少的关系，就好像乌韦·狄姆的哥哥就是党卫军的成员，最后战死在乌克兰。有的家人，虽然没有参加党卫军，但却在相关的机构里工作过。就像电影里面，女主角因为在党卫军指挥部的餐厅里担任过服务员，战争结束之后，她便没有了工作的机会。而这两名作家和他们那一辈人一样，面对自己的父辈，从一开始的强烈批判，到之后随着年龄的增长而开始产生的反思，终其一生都令他们感到困惑，并不断在思索。

这两部小说，不仅仅在德国，在英语世界也影响巨大。大家对于《朗读者》的争议比较多，批评者认为，作者用文学的方法美化了像汉娜这样的法西斯。不过这本书的作者在接受媒体采访的时候说，他发现了这样一个现象，在以色列和纽约，批评的声音都是来自和他差不多年纪的人们，却从来没有来自老一辈人，来自那些真正经历过大屠杀的受难者们。

或许，没有经历过的人，批评起来更加容易。而那些经历过这样的苦难的人，他们很明白个人在大时代下的渺小，也明白人性的弱点所导致的错误，因为恐惧，因为自私，也因为贪婪。或许，应该像曼德拉所说的："我们必须采取向前看的态度来建立一个新国家，一个新南非。应该学会原谅、宽容、和解，团结南非所有的人民来建立这个新国家。"

第四篇：

我所理解的人生

“虽然说个体的力量弱小，

但是至少可以学习保持好奇心，

学会独立思考，

学会讲逻辑、

讲道理。”

假如心是一个盘子，你会放些什么？

前些天看到凤凰网的一个新闻专题“空盘时代”。专题把近期的三个热点新闻放在一起，提出了这样一个问题：为何在科技发达、物质丰富的今天，人们的心会变得如此浮躁，是不是人们的心灵之盘空了？

用一个空盘子来比拟我们自己的心，非常有意思。那么如果要用盘子装载的东西来形容自己的内心之物，如果是我，我又会把什么放进我自己的盘子当中呢？

我会毫不犹豫地选择一本书。

书本代表了阅读和学习。知识的积累是为了更好地求真，而求真则是为了让自己在这个纷扰的世界里面，有能力做出独立的判断，从而为自己做出更好的选择。

阅读和学习可以让自己的心变得更大。一个人无法走完全世界，甚至很多时候都没有机会离开自己生长的城市。但是没有关系，通过文字，通过音乐、绘画、摄影，我们可以穿越古今，可以让自己体会不一样的人生，感受陌生人的心路历程，明白这个世界是多么的多元化，人生可以有无数种可能，不管是在世界的哪一个角落，不管你是怎样的人，总有着一些相同的感受。相信很多人和我有过同样的经历：夜深人静，无法入眠，为发生在地球另一边，但是在现实生活中并不存在的一个爱情故事唏嘘不已。或者，为几百年前一个中国女子的命运而满怀伤感，甚至会对自己说：我的人生，一定不要过成这个样子。

在阅读和学习的过程中，我们渐渐懂得了如何分辨是非，甚至有了连自己都没有意识到的正义感。这正是来自于对那些文字中的弱者的同情，对违背人性者的厌恶，对愚钝之人的焦虑。同时我们也明白了，得之不易的文明会被野蛮刹那间摧毁，人类文明的进程时进时退。但我依然希望自己能够成为推动文明发展的一分子。即便文明依然进退彷徨，最终还是会向前一点。

求真的过程并不轻松，很多时候你甚至会想要放弃。是呀，世界这么乱，对于有些事情为何一定要刨根问底呢？做一个揭穿皇帝新衣服的小孩，并不会让自己更受人尊重和欢迎。有太多“过来人”和“明白人”善意的忠告，也眼见那些执着于真相的人悄无声息地承受着折磨，我自认为没有那样的勇气。可是，如果要保持沉默，也至少不要因为害怕真，而丧失了辨别真的能力，不要让这份情怀在心中慢慢消失。

我还会放上一杯酒。

在我看来，这杯酒代表的是感知生活中那些真实存在的、触摸得到的美好事物的能力；希望自己因为能够感受得到美、懂得欣赏美，而不丧失爱的能力。

美好的事物太多：食物、景致、良善之人……能够遇到他们是幸福的事情，而这一点，这几年我才真正开始有所体会。过去的我，心里面装载的东西太少，失去了对真实的日常生活感知的敏锐。

其实也就是在最近几年，我忽然开始明白，光是精神上的追求并不能够让自己的心变得丰富，也不会让自己变得更好。如果对于身边的日常事物和风景，对于身边的人是漠然的、没有知觉的，对于作为个体的人的概念是空泛的，或者是过于宏观的，那所谓的对于世界的关心和认知便也是虚无的了。

因为有了感知美的能力，我才会知道哪些是丑，才能感知到正义，才会明白哪些是邪恶。也因为这样，人才会为美好的事物遭到破坏而感到伤心和焦虑，会为美好的人没有被善待而觉得不安和愤怒。也因为对美好的热爱，而会愿意去做点事情保护这些美好。因为毕竟不管是美食还是美景，个人无法保证它们长久地存在，但是珍惜的人多了，它们存在的时间就可能多一些。同样的，如果有越多的人敬重那些美好的人，那么这些好人即便遭受苦难，也不会失去别人的尊重，不会被人们所遗忘。

我还会在盘子里面放一个哑铃。

因为我知道，只有发自内心认同健康生活方式的重要性，才能够让自己没有偷懒放纵的借口。放纵是轻松的事情，可以在短时间里让身心都获得极大的满足。但其实大家都明白，每一次的放纵，都会积累成未来的付出，说到底，都是对健康的一种透支。

健康的生活方式，需要的是自律。我曾经用这样或者那样的借口来为自己的不自律寻找理由。至于后果，就是当我想要去做很多事情的时候，却发现自己力不从心，总觉得很遗憾，等自己人到中年，才真正说服自己：健康是美好人生的前提，也是爱自己的证明。热爱人生，从爱自己的身体开始，这应该不算一个不合逻辑的要求吧？

如果心是一个盘子，盘子里面放的东西就决定了自己是如何对待这个世界、对待自己的人生的。每个人的选择不同。不同的人，在不同的年龄阶段，因为生活的侧重不同，人生经验的积累和智识的发展不一样，放在这心盘里的东西当然也就会不同。

我的选择，只能代表自己；我的人生经验，也只能作为一种分享。人生总是要从懵懵懂懂开始，之后能否变得智慧一些，很大程度上也和外部环境有关。但是，即便是在恶劣的环境下，也要成为一个内心有追求的人，毕竟有太多的过来人都在他们的人生中显示出了惊人的毅力。因此，在我们这个知识可以通过网络被轻而易举获取的时代，如果缺乏判断求真的能力，那人生的走向终归是要看我们的内心了。那些感受不到美的人，也只能说，在他们的内心的盘子上面，可能放了其他的东西，或者，他们的盘子里干脆就是空的。

我也曾经有过内心空空的时候，每天忙碌地生活着，以为自己过得很充实。但其实，当我问自己，我这样忙碌是为了什么的时候，只能够找到一个答案——谋生。虽然我回答自己时显得大义凛然，但其实我知道，我的内心是胆怯的。因为有营养的人生，一定不是只有这个答案而已。

所幸，所有这些都曾经在我心中存在过，只不过后来在成长的过程中，我曾一度把它们丢失了。现在，很高兴的是，我把它们又找回来了。而现在的我对于它们的认知，又和过去有了一些不同。至少，无论是对于知识的选择、对于自己该学习什么，还是对于美好的定义，我因为人生曾经走过的路，如今总算有了自己的答案。

厨房里藏着家的模样

几年前搬进香港的新居，最满意的就是厨房：玻璃屋顶，打开通往小花园的门可以看到大海，里面有白色的厨具和大冰箱。我终于有了自己梦想中家的模样。

于是，我开始搜集漂亮的餐具和刀具，当然还有锅碗瓢盆，很多还是不辞辛劳地从国外背回来的。说到厨房用品，香港远远比不上欧美国家那样品种齐全，价格又便宜。

结果这几年中，每次朋友来家里坐坐，我带着他们参观厨房的时候，家人总是要笑嘻嘻地加上一句：嗯，这个厨房她基本上没怎么用过。

很惭愧，这是真的。自从搬进新家，我自己在家做饭的次数，几年下来，两只手都可以数得清楚。

家人经常批评我，但是我也觉得很委屈：出差、工作、应酬，总有太多的事情需要去忙。我当然也想早点回家，想和家人一起坐在饭桌边，当然也知道是“住家饭”最香。

原来，像我这样的人还不少。

看到一份《回家吃饭调研》，北京、广州、深圳三个城市市里都有超过三成的白领经常在外应酬吃饭，这当中以深圳白领最多，达到42.4%，理由和我差不多，因为太忙。

这里的忙是因为工作，并不是因为生活，之所以这样讲，是因为生活包含了工作、家庭和其他。之所以把工作看得如此重要，我想有两个原因：个人的追求决定了先后次序；整个社会的大环境是否鼓励人们把更多的时间花在家庭生活上面。

如果工作总是优先，那回家吃饭自然会让位于它，说到底，是把家人让位于自己的事业。这样做真的值得吗？很多人会说，这都是为了让自己拥有更好的前程；也有很多人说，是为了让家人过上更好的生活。如果是前者，或许还能够理解：人生没有完美，总要为了得到而牺牲一些，如果觉得家庭对自己来说，暂时还可以退居其次的话，这样想也无可厚非。但是后者却很矛盾：如果家人更好的生活里面没有自己的陪伴，那家人的生活是否算是更好了呢？

如果说，个人可以为自己做一个关于生活的先后次序的排列，但是社会的价值取向和个人排序发生了冲突的话，那么个人很多时候会觉得很无奈。如果一个社会认定，每天回家吃饭就是缺乏事业心的表现，拒绝加班或者工余时间的应酬也被看成是工作上不能被信任的表现，那么回家吃饭的愿望简直会成为人们保住饭碗的障碍。

所以，这不仅仅是个人选择的问题，同样也是社会的选择。和家人相处的时间和质量，对个人的幸福以及对整个社会的氛围而言，到底是不是一件重要的事情？

做几道家常菜，有的时候开瓶酒，家人坐在一起东拉西扯一番。小狗坐在一边，用期盼的眼神看着我们每一个人，偶尔用爪子抓我们一下，提醒它的存在。如果问我：你的家是什么样子的？这就是我脑中浮现出的画面。我希望这样的画面不断在我的生活中重复出现，因为我觉得，家的样子，似乎也就是家人围坐在一起的饭桌上，才会显得特别齐齐整整。

幸福不就是这个样子吗？

我相信，如果越来越多的人这样认为，那么个人的选择就会变成一种社会的共识，最终成为整个社会的价值取向。

生活就是拼和拼？

凤凰网做了一个动画视频，主人公叫做“拼小明”，一个来自小城市，到大城市里打拼生活的年轻人。

看着忙着拼房、拼吃、拼车的小明，好像看到了年轻时候的自己。

20多年前我大学毕业，像很多希望寻找更多发展机会的同龄人一样，我离开了家乡，来到一个在当时人们眼中算是更有活力的地方。我离开了上海，去了深圳。我的一些同学去了海南岛，还有一些去了珠海。这些地方都是当时改革开放的前沿，对于内陆长大的我们来说，是一个个崭新的、充满吸引力的地方。当然，周围也有不少同龄人选择离开了中国。理由都是一样的，只不过不同的人，因着机缘巧合或者能力不同，各自选择了自己够得到的选择罢了。

在深圳，我和“拼小明”一样，一开始住在集体宿舍，和陌生人“拼房间”。等到大家都有点经济能力了，工作也相对稳定了，就几个人一起租房。虽然还是“拼房”，但终于有了自己的私人空间——一间独立卧室。吃饭最爱去的地方当然是大排档，几个人一起叫一个“鸡煲”，一碟青菜，就是一顿美美的大餐。

这种“拼”的日子，只不过是成长过程中的一个阶段，和时代没有关系。

想想“拼小明”的父辈，他们的人生中有更长的时间是在这种状态下度过的。也许“拼小明”们不希望自己的下一代再重复自己这样的生活，但是如果一切都帮下一代安排好，让他们跳过这个阶段，那么实际上是不是也变相剥夺了他们依靠自己努力的机会？这样一来，他们的人生是不是有点不太完整了呢？

视频里面的富二代，在外人眼中，显然过的就是这样的生活。人生迅速地进入一般人渴望的收获期，如果金钱就是被认定的所谓收获结果的话。中国的富二代们似乎已经被媒体贴上了标签，一个想象的标签。其实即便是这个人群，也是由不同的个体组成的，人生也各有不同。他们并不都是依赖父母、想要逃避责任的人，他们也拥有不同的家庭背景。这是家教和为人的问题，不只是财富的问题。

富有的人一直存在，不管是富二代还是官二代，从古至今都有。这并不是现在的社会所特有的现象。起点高一些的人，虽然不需要拼房、拼吃、拼车，但是他们也有其他东西要去打拼，会经历和别人分享，再到独自拥有的过程。

视频中的“拼小明”显然有一个目标，就是另外一种“拼”——幻想有一天可以依靠自己的拼搏，成为又一个白手起家的商界传奇。也许这对他来说就意味着人生的成功。

其实，成功有很多种定义，也有很多种形式。

拥有一个健康的身体和正常的智识，也是一种成功，因为这需要自己的努力和付出：学习、锻炼和思考。

拥有一段美满的婚姻也是人生的成功，因为婚姻需要用心和行动来维系。

你眼中的别人光鲜亮丽，只是因为你看不到别人背后的烦恼。

我这样说，并不是说安于现状就好，而是想说，脚踏实地更重要。每个人都有自己的烦恼和不满足，也有努力的目标，只不过因为不同的背景和起点，使得各自打拼的内容不同而已。其实每个人都是从“拼小明”过来的。

此刻，回头看过去的自己，那些在别人眼中的艰辛，其实自己当时并没有觉得辛苦。即便口袋里只剩下两块钱，也依然对生活充满向往。那个时候，忙着过好一天天的日子，然后，就一步步走到了现在。

至于那个时候的自己有没有为自己设定一个成功人士作为偶像？哦，还真的没有。

但，没有也不妨碍自己进步，一点点向前，生活就会一点点地发生改变。

梦想总是要有的，万一有一天实现了呢？其实就算没有梦想，结果却成就了一个目标，感觉是不是也挺不错的？

谈论勇气

怎样的情况下需要勇气?

在我看来，就是当你离开一个你自己觉得舒适的环境，而离开的理由可能是因为要去一个你不熟悉的环境，也可能是因为要去面对一个你不熟悉的人，还可能是要去做一件陌生的或者是自己没有把握的事情。

前些天和父母通电话，他们听说我又去滑雪了，而且还扭断了腿，需要做手术，着急不已。他们觉得，他们的女儿已经不再年轻了，不适合再去尝试这样的运动。可是在我看来，这正是生活的一种乐趣所在。你去挑战自己，去学习一种陌生的，甚至在一些人看来已经不再适合自己这个年纪的运动，这当然需要一点勇气。但是这点勇气带来的，是可以扩展自己的生活经验和兴趣的收获，这是多么美妙的一件事情呀!

很多时候，一些人觉得生活枯燥或者沉闷，说到底是因为他们没有足够的勇气去尝试新鲜事物，或者是担心改变会丢失了自己手中原有的东西。

我也曾经有过这样的疑虑：要不要离开自己成长的城市，到一个新的地方去从零开始？要不要放弃手头稳定的工作，离开大公司，去一个名不见经传的企业从头开始？要不要中断自己如日中天的事业，回到安静的校园，花点时间充实自己？要不要转变自己的工作岗位，去尝试一个自己并不确定是否能够胜任的新岗位？要不要改变自己的婚姻状态，敢不敢一个人生活？要不要再次走入婚姻？在经过了多年一个人的生活之后，自己是否还能够习惯两个人的磨合？

所有这些疑虑，最后都需要用行动来验证，而行动之后的结果，就好像我学习并渐渐爱上滑雪的过程那样：不完美，有挫折，会付出代价，但是结果一定会让你的生活变得更加美好，让你觉得之前的努力和付出都是值得的。

如果不是因为自己算是一个有勇气的人，能够最终将很多想法转变成行动，我无法想象，此刻的自己会有一个怎样的生活状态。如果我是一个心甘情愿墨守成规地生活的人，也许过得不会太不快乐，但是我懂我自己：我喜欢改变，喜欢尝试新鲜的东西。如果只是停留在喜欢的层面而不去行动的话，此刻的我，应该是一个心中充满了怨气和不满的人吧。

我知道在一些公众心目中，我是一个具备了勇气的人，其中很大的一个理由，是我曾经在战地或者战乱的地方采访过。

只是当别人说战地记者很有勇气的时候，我反而会觉得，这种勇气也是要分情况的。

我第一次当战地记者时，确实很有勇气，因为愿意去一个风险更大，对自己来说很陌生，也并不是很有把握的地方去采访；但是对于经验丰富的同行，或者对于经过这些年记者生涯的我来说，如果只是用战地采访的危险性来衡量我们的工作是否伟大，那就实在令我心生惭愧了。因为对一个成熟的记者来说，在采访之前，一切危险系数都是在考量范围内的。

但如果非要说勇气，那要面对的就又是另外的事情了。比如，我是否有勇气继续面对如此纷乱的世界，是否有勇气去见证苦难和死亡？面对这些的时候，我常常会感到无奈，看到悲伤的事情重复上演；看到个别人对于权力无止境的欲望，让世界的差别变得如此之大；人们因为出生的地方不同，命运也变得如此不同，人生来就是不平等的……当然，也正是因为还有希望，我和我的很多同行才愿意鼓起勇气去面对这些，因为我们的希望是，有一天，不再会有这样的采访。

只是，谈到对这个世界的失望，谈到对于苦难和死亡的无奈，谈到这样的勇气，对于记者这个职业来说，并不只是局限在战地或者遭受天灾的地方，而是就出现在我们日常的生活中。很多时候，要面对日常生活中的不公和不正义，并且通过报道而揭示到公众面前，需要比在战地时更多的勇气。

一名记者在战地所显示出的勇气，无论在哪里都会被视为一种正面的力量，会给记者本人带来很多荣誉，我自己就是一个得益者。但当记者揭示人们身边存在的不公的时候，在一个犬儒主义盛行的地方，更多的可能则是遭遇到批评和排斥。这种批评来自利益方，甚至也会来自公众。

美国记者赫德里克·史密斯写过一本叫做《俄罗斯人》的书，书中讲述的是他在莫斯科常驻六年的见闻。他说，他对于前苏联的民众为何和政府一样，不认同那些批评政府、说出真相的人这件事很是疑惑，结果他听到了一名苏联民众这样的解释：

“第一，诚实的人使得那些沉默的人因没有大胆说话而有负罪感。因而，他们不得不攻击前者，使得前者看上去不那么高尚，这样才能使自己显得不那么堕落；第二，根据他们的经验，他们觉得每一个地方的每一个人都是在演戏。他们好像妓女一样，因为自己是妓女，便认为所有的女人都是妓女。他们认为根本不存在真正的诚实，根本没有人真正追求真理。”

实地采访战士们在战场的英勇作战，或者是奋不顾身救助别人的行为，不是每个人都会有这样的机会。因此，赞赏这种勇气，或者把它作为自己的榜样，自然毫无坏处。但是对于那些在自己的生活中追寻真相、坚持说真话的人就不一样了，因为别人做得到的，自己也应该可以做到才对，只要你有足够的勇气。

其实，如果我们推崇一种行为，影响我们的应该是这种行为当中所包含的精神，而不是这种行为的外在。只有精神，才能够对一个人的品格和道德修养带来真正的影响。如果我们谈论勇气，我们所谈论的不应该是外在的行为，而是做出这些行为的人的精神。

比如在欧洲，不少人常会谈到骑士精神对欧洲民族性格产生了深刻影响，衍生出之后的“绅士精神”。骑士精神中就包含了勇气，但是这里的勇气所面对的又是哪些呢?

“善待弱者，面对强者不怯弱，批评任何做错事的人，为那些没有能力抗争的人发声，向那些需要帮助的人伸出援手，对爱情忠贞。”

这是当年的骑士宣言，放在今天，这些依然是一个对自己有道德要求的人会去做的事情。

而且，不管是过去还是现在，要做到这些，都需要一个人有足够的勇气。

那个渴望被表扬的孩子

坐在北京的出租车里，收音机里响起了一首熟悉的歌曲：学习雷锋好榜样。在我小时候，这是一首人人会唱的歌曲，只不过现在，唱歌的虽然还是童声，却已经变成了摇滚的新潮味道，还有那些电子乐器花哨的配乐。

歌曲之后，北京一所小学的学生们在启动仪式上表演节目。那种腔调让我仿佛看到了小学时候的自己：那样诚心诚意，那样认真地朗诵着关于雷锋精神的每一个字句。

虽然从一年级开始，每个学期我都被学校评为三好学生，在老师和同学的眼中，自己乐于助人，虚心好学，但是我在心里面总是觉得自己做得还不够好，因为自己从来都没有做过拾金不昧的好事，也没有拿过一面这样的小红旗。

我已经不太记得那一面面的小红旗是不是贴在课堂后面的黑板报上，我只是记得，应该是小学四年级的时候，有一天我从人民公园春游回来，一向非常严厉的姑妈问我：今天有没有得到老师的表扬？我告诉她，有，我在公园捡到了一块金锁片，还交给了老师。

金锁片呀！这成为之后奶奶向邻居们夸奖孙女时最常被提起的东西。我也不知道当时自己为何一下子想到的就是金锁片，也许是因为老是看到奶奶从抽屉里面拿出她珍藏的那块金锁片看了又看，然后小心翼翼地放好。这让我觉得：金锁片应该是非常珍贵的东西吧？

当然，我撒谎了，那天春游时什么事情都没有发生。看到姑妈和奶奶兴奋自豪的表情，我当时高兴了一会儿，但很快又陷入一种恐慌：如果万一有一天，姑妈或奶奶去问老师，我的谎言被戳穿了，那该怎么办？

这种担忧一直持续到我小学毕业。当然，姑妈和奶奶从来都没有问过老师，也许她们想都没有想过要去求证这件事情，她们只是沉浸在我被表扬的骄傲中。我以为，随着自己慢慢长大，这件事情会被慢慢遗忘，但是直到现在，我还记得那样清晰。也许是因为奶奶从小就一直告诫我：撒谎是一种罪恶。这也让我很内疚，直到奶奶离开，我也没有勇气向她坦白这件事。当然，奶奶应该不记得这件事了，在她离开人间的时候，她的孙女依然让她感到骄傲。但是我却一直在忏悔，因为对相信自己的人所撒下的这个谎言。

我还记得那个时候，自己是多么渴望被表扬，多么渴望像雷锋叔叔那样，每天都可以做那么多的好人好事，只怪自己的生活不能像雷锋叔叔那样充满做好事的机会。这让幼小的我有一种挫败感，于是，我选择了说谎。

长大之后回想起来，自己是多么荒谬。年少的时候，没有人告诉我怎样才算是一个好人。我只知道，为了能够获得表扬，成为大人眼中的好孩子，自己是如何无师自通地学会了撒谎。

还好，我还有奶奶和其他长辈的教导。他们在我成长的过程中，不断用言语和行动告诉我，诚实是做一个好人最基本的品质。那些书，那些我在中学时代漫无目的地浏览的世界名著，特别是那个时候流行的“伤痕文学”，都在不经意间塑造着我对于道德的认知，不知不觉中，我也确定了自己将要成为一个怎样的人。

在我的童年印象中，雷锋是一个好人，当我长大之后，发现这个世界上道德高尚的人很多。成为一个好人，不是只有一种标准和一个模范人物。世上没有完人，自己也不可能成为别人。身边认识和不认识的人，无论是著名的人还是普通的人，他们身上散发的那些人性的光芒，都在督促着自己，成为一个对个人道德有要求的人。

就事论事

小时候很喜欢看鲁迅的文章，后来有一段时间看了一些关于他为人的文章，觉得很是反感，于是顺带也不喜欢他的文字了。再后来，我又长大了一些，觉得以前的自己很好笑。毕竟对我而言，他只是一个作家，在用他的文字表达他的观点。我需要认同或不认同的，只不过是他的文字而已，为何要和他的为人联系在一起？再说，他是一个怎样的人，我同样也只是从别人的文字里面了解罢了。

从小接受的教育，让我曾经有个习惯，就是把所有的事情都和人的道德好坏联系在一起，或者第一时间先去猜测事件背后的动机。后来有一次，一位比我年纪稍长的朋友跟我讲起这样一件事情：文化大革命的时候，如果实在找不出一个人的罪证，就会质问对方，为何要在这个时间出门？为何要在这个时间去买菜？一定带有不可告人的目的。这个时候，被质问的人往往真的会无从解释。其实对方也根本不想听解释，因为他们认为自己已经找到了证据。我听后哈哈大笑，但是仔细一想，这不也是我自己在有意无意中会犯下的错误吗？

我也经常看到这样的质疑：因为你存在道德问题，因为你的身份问题，因为你的为人等原因，所以你没有资格发表看法，所以你说的话就是错的。在这种情况下，你是不可能和对方进行讨论的，因为对方已经从道德高度先否定了你，拒绝接受你。

要学会就事论事，学会抛弃诛心的思维，改掉总是站在道德高度批评别人的习惯。我还在努力中，你呢？

和孩子在一起

有个进入叛逆期的孩子的家庭里，应该都会有这样的经历：常常不知道什么原因，原本高高兴兴的孩子，突然间就会跟你发脾气，或者变得沉默寡言。这种情绪的突然波动，至少在刚出现的时候，会让我茫然不知所措。

后来慢慢观察了一段时间，发现孩子的情绪往往与我能够和她相处的时间长短有着直接的关系。如果我周末不出差，和孩子一起做很多事情，比如看电影、郊游，或者一家人外出旅行几天，孩子的情绪会稳定很多。

我一直觉得，对孩子的成长来说，父母的作用非常重要。当然在这一点上，我是一个非常不称职的母亲，因为工作的关系，留给孩子的时间太少了。虽然能宽慰自己说，这也算可以培养孩子独立生活的能力。我自己小时候就是这样过来的，从初中就开始住读，现在能够独立处理很多事情，和那段经历也密不可分。但是从另一方面来说，这种经历又会让孩子在情感上产生一种缺失。回看自己，进入中学之后，我就对情感有着严重依赖。更重要的是，当我成为母亲之后，才发现自己原来根本不懂得如何做一个妈妈，不懂得该如何处理和孩子之间的关系。

最近做了一期节目，虽然讨论的话题是关于男孩子的教育，但是说到底，教育这个话题针对的是所有的孩子。专家们指出这样一个现象，那就是太多的父母把教育的责任推给了学校，但其实学校只是教授孩子知识的地方。孩子会成为怎样的人，也就是培养孩子的为人，应该是父母的责任。母亲通过言传身教，教会女儿自尊自爱；而父亲在男孩子的成长过程中则更为重要，他要通过和孩子一起玩乐，让男孩子懂得什么是责任，了解什么是勇敢和担当。

不过，现代社会的家长虽然明白这个道理，但是在现实生活的压力下，还是会让工作成为无法陪伴孩子的理由。在这一点上，我就是其中之一。我明白父母陪伴子女的重要性，但同时我却没有身体力行地做到。但是身为父母就意味着责任，在人生的某些阶段，你必须要做出选择。毕竟，孩子的成长过程过去了，就不可能重来。

一位教育专家曾对我讲了这样一个事例：假期的时候，有个家庭带着孩子骑单车，骑行总长 100 多公里。结果有意思的是，孩子的母亲表现得相当积极，父亲却很不以为然，认为对孩子来说，这项运动太危险了。结果，夫妻之间闹得很不开心，但是母亲还是带着孩子完成了旅程。父亲在朋友聚会上抱怨妻子不听话，结果被朋友们一致指责，因为在他们看来，这样的妻子和孩子实在是太了不起了。事情的结局很完满：父亲幡然醒悟，从一开始的抗拒，变成了加入其中，一起参与。在这个过程中，夫妻的感情增进了，孩子也变得更加自律和有自信。

这样的事例，听上去好像有点老套，但是我观察了身边的几个家庭，发现只要父母能够和孩子一起做同样的事情，无论是运动还是旅行，在这种陪伴中，孩子们自身的性格确实会变得更加自律，也更让人省心。因为这种有父母陪伴的活动让他们懂得了要自己管理自己。

我去探访美国的朋友时，给她的孩子带去了两本书。过了几天，朋友打电话来说，孩子一直在问阿姨在哪里，因为他好喜欢那两本书，每天睡觉前都要父母念给他听，顺带也喜欢上了送书的我。睡前讲故事，这是很多父母陪伴孩子的习惯，让孩子在故事中睡去。电影里面就有很多这样温馨的场景。对于这一点，我一直觉得是我作为母亲的遗憾。看到朋友的孩子那样喜欢阅读，我知道这要归功于朋友从孩子很小时就一直坚持的床头阅读习惯，潜移默化地让孩子养成了阅读的好习惯。

有些人会担心：多和孩子在一起，会不会让孩子产生依赖感？其实和孩子在一起做同样的事情，并不代表你就要为孩子解决所有的问题。相反，是要创造让孩子自己解决问题的机会，观察和指导孩子如何解决问题。最简单的例子：当孩子跌倒时，你是让他们自己站起来，还是着急地把他们扶起来呢？

记得电影《蝙蝠侠前传 1》里面，蝙蝠侠小的时候，不小心掉入了一个深井。当他被父亲救出来之后，他的管家对他说："Why do we fall？So we can learn to pick ourselves up."（我们为何会跌倒？因为可以学习如何让自己站起来。）

父母的责任就是在孩子的成长过程中，不断地告诉和教会他们人生的意义。如果没有花时间和孩子在一起，看不到孩子们在成长过程中所经历的困难和欢欣，而只是一味地跟他们讲空洞的大道理，孩子又如何能听得进去呢？

学习历史的必要性

一位香港同行曾经和我讲起这样一件事情：有一年北京发大水，他派下属去采访，打电话问车子到了哪里，对方回答，周口店。同行听到之后很兴奋，但是对方却觉得莫名其妙，不明白上司的兴奋从何而来。同行问下属："知道北京猿人吗？"对方答听说过，但显然并不知道周口店和北京猿人之间到底有着怎样的关系。

同行感叹：这就是香港回归之后，中国历史课从必修课变成了选修课的结果。毕竟和其他科目比较起来，学习过的人都明白，历史课是需要一定时间来死记硬背的。既然有其他选择，除非自己真的很有兴趣，不然的话，当然不想吃历史课这样的苦。

知识的累积，特别是在刚刚开始的时候，确实是需要吃苦的。学写字、记各种公式、背单词，还有背地图上的国家名称、各种气候分布，当然还有不同朝代年份。只有这样，才能拥有历史、地理、数学等等的基本知识框架。框架有了，自然就可以根据自己的兴趣，再往下深挖。而教育的目的，就是在最开始的时候帮助儿童打好基础，建立学习的框架，然后才可以根据孩子们各自的兴趣和特长，为他们提供深造的机会。其中的区别是，开始时是知识的传授，然后则是教会学生学习和研究学问的方法。

我一直觉得，历史课是非常重要的。它的重要性在于，这不是一门告诉你哪些是正确的、哪些是不正确的课程；而是告诉你，某一个国家，甚至是全世界，在某一个年份发生了哪些事情；一个朝代从哪里开始，到哪里终结，中间曾经发生了什么。每次看完一本历史书籍，我总是会有一种豁然开朗的感觉，因为一些发生在现在的、让我无法理解的事情，在历史中就变得有迹可循了。

如果一个成年人不知道自己国家的国旗、国歌，或者对自己国家的历史毫不了解，那么我不会去想这个人是不是爱国这样的问题。因为爱不爱国，本身就是一个主观性太强的问题，爱在心中，你不是我，又如何知晓？每个人爱国的方式都不尽相同，所以，不管是质疑还是质问，都太诛心。不过我会觉得，这样的人显然缺乏常识，没有文化。即便这个人拿了高等学历文凭，但文凭和文化水平并不能等同。

也因为这样，我会觉得，让孩子们从上幼儿园开始认识国旗和国歌，是在教授他们基本常识。但是如果你告诉孩子们，看到国旗升起、听到国歌响起时要有落泪的感觉才是一个乖孩子，那就超越了教育的本质了，那是在灌输一种观念。

教授历史也是一样的。很多人说，历史是任人打扮的小姑娘，所以历史作为一门学问，会让无数的历史学家去求证，去寻求真相。篡改历史，或是对历史上曾经发生过的事情视而不见，同样算不上传授知识，而是在利用错误扭曲的历史，误导学生形成错误的印象和判断。

我们虽然生活在互联网时代，很多人会觉得，资讯如此之多，学生再也不会轻易地被错误或者不完整的资讯误导了。但是实际上，这就和选修还是必修历史课一样，越是启蒙阶段的教育，学生的被动性越强。虽然学生随着年龄渐长，或许会发现自己的知识结构存在误区，或许会主动去纠正和补充某些知识，但是，教育的本质是什么呢？到底是传授知识还是有意识地引导呢？为何要让一个人多花这样的时间，变相地浪费生命呢？而且，有的人会因为曾经遭受的误导而不知所措，甚至开始怀疑一切。

为了生活的更多可能性

我的一个好朋友从加拿大读完书回到深圳，等到大女儿该升初中了，她决定带着两个孩子移民加拿大。这次看来他们是做好长远打算了，因为他们卖了深圳的房子，在加拿大买了一栋她口中的“梦幻屋（Dream House）”。确实，深圳市区的一个公寓，价格和多伦多的一栋大房子相差无几，甚至深圳的公寓有可能还更昂贵一些。我笑她也算是一个既得利益者，尝到了中国房地产价格疯狂上升的好处。要不然，作为工薪阶层，想要移民、定居、买房，会是很吃力的事情。

朋友走的前一天给我打电话感叹：“终于可以去呼吸自由的空气了。”我知道她的女儿更加期待这一天的到来。她在加拿大读了两年小学，再回到深圳原来的学校上学，我看得出她遇到太多的不适应。当然最重要的还是在加拿大没有小升初的压力。朋友告诉我好多关于她女儿在国内的同学的父母们，为了孩子能升入名牌初中所经历的种种烦恼、压力和付出的难以想象的代价。

和很多移民国外的家庭一样，朋友的老公暂时留在中国。毕竟要支撑一家三口的开支，尤其是孩子的教育，钱是很现实的问题，而相对来说，中国毕竟还是一个机会多、好赚钱的地方。

暑假的时候，我自己上网找了一家波士顿附近的学校，为女儿报名参加了那里的夏令营。我特地找了一家偏远一点的学校，其实就是希望里面的中国学生能够稍微少一点，能迫使她在这样的环境里提升英文水平。结果女儿回来告诉我，一百多个学生里面，中国学生占了一半之多，她的宿舍住了四个学生，连她在内全部都是中国人。怪不得当我问女儿英文有没有点进步时，她想也不想就回答："没啥。"不过我也只是郁闷了一会儿，因为好几个朋友都有相同的经历：特地找了不热门的学校，结果一看孩子寄过来的合影，只能叹一口气，承认现实。

这占一半的中国学生几乎全部来自中国的一所私立学校，从小学五年级的学生到初三的学生都有。他们参加夏令营的主要目的是来准备 SSAT 考试，也就是为去美国读中学做准备。今年年初，我和我的同事们做过一期节目，就是关于去美国读高中这件事。同事起了一个非常有意思的题目，叫"留学早起鸟"。当时一个留学中介已经提醒，进入美国好的私立中学的竞争将会越来越激烈，因为实际上基本都是中国孩子在自己竞争。

一位在国有企业工作的朋友感叹，最近大家似乎都没有心情工作，都在操心孩子到国外读书的事儿或者家人移民的事儿。这让他很担心，因为他觉得，如果只是少数一些人选择离开，那只不过是人各有志的选择，但是当这种现象成为一种过于明显的趋势的时候，就反映出了一种不安。事实上，这个朋友自己也早就为女儿办好了去香港的投资移民，用他的话说，至少让孩子有多一条后路可选。

我不知道这是不是一个趋势，但是看看周围认识的人，即便只是很普通的工薪阶层，都会选择去香港或者美国生孩子。也许移民对他们来说成本还是有点高，或者有点不切实际，因为可能需要放弃眼前还不错的工作。但是生孩子倒是一个不错的快捷方法，性价比很高。就算自己未来留在中国，但是孩子却可以多一条路选择。

我一直觉得，选择在哪里生活或者居住，是个人的自由。谁都希望自己的生活能够更好，所以才会有人向往大城市。农民们想要进城，是因为觉得城市，特别是大城市，至少机会多一点。

我曾经采访过住在北京地下室里的一个年轻女孩。她告诉我，虽然在老家，她住的房子要比这大好多，也可以找到一份工作解决三餐，但是她觉得这不够，所以她来到北京。虽然在这里住地下室，但是她的见识多了，而且也学到了很多东西。她有自己的梦想，将来想要开一家美容院，最好是在北京，回老家也好。如果她一直呆在老家，她永远不会知道原来自己的生活还能够这样过。

我想，移民国外的人，也是差不多的理由。有的人，是为了让孩子接受更理想的教育；有的人，是为了让自己找到一份安全感，财富安全或者人身安全；有的人，是为了更加自由的生活；而有的人，是为了寻找更好的机会。

我没有我那位朋友的担忧，很大的原因在于，“自由迁徙”本身就是联合国提倡的基本人权。但是我会觉得不公平，离开的人乐意用脚投票，表示对教育、环境、安全感的不满。这对于那些选择留下来的人倒不是问题，但是那些想走又走不了的人们呢？

我想到一个被访者，一个从农村考进大学，然后留在北京工作，后来开了一家小公司的中年人。七年前，他就想着要移民。为了省钱，他一直是自己在搜集寻找各种资料，然后进行申请。结果，七年后，他依然在他通州的家里和我们谈着他的移民梦。这个时候，他已经不是为了他自己，而是为了四岁孩子的将来。只是，移民的门槛越来越高。看着他的样子，真不知道他的梦想和现实之间到底还有多远。

请学会感伤生命的凋零

收到一封电子邮件，是在哈佛一起上课的尼泊尔同学发来的。他告诉大家一个令人沮丧的消息：他的妻子不幸流产了。对于他们的悲伤，我们可以做的就是表达一些安慰，希望能够让他们知道，对于这个还没来得及看看这个世界的小生命，我们知道他曾经存在过。

如果在以前，对于这样的邮件，我会有点不以为然。因为我觉得，胎儿不小心流产了，虽然很可惜，但也算不上是太大的事情，没有必要如此郑重其事地告知大家。2006年去美国前，我肚子里三个月的胎儿没能够保住。事后，不管是自己还是家人，都只是象征性地安慰我一下而已。

在美国读书的时候，有一个每周例行的活动，就是每个同学轮流分享自己的人生故事。一个美国同学讲述了自己和妻子刚刚经历过的遭遇：妻子在两个多月前流产了，之后患上了抑郁症，而他也一直情绪低落。现在他要和大家分享的好消息是，他们终于走出来了。

坐在台下的我，看着这对夫妻此时脸上幸福的笑容，觉得有点不可思议，因为当时的我无法想象这件事会对他们造成如此大的打击。一个三个月不到的胎儿而已，严格意义上来说，还称不上是个生命。我开始反思自己，为何会对自己或是别人的类似遭遇如此冷漠和麻木？如果觉得他们过于脆弱，那自己又是不是过于“坚强”了呢？我是不是丧失了一份宝贵的感情？丧失了对于生命的那种敏感？而如果真是这样，又是怎样的环境造成了这样的我？

有一年，我经常回国内出差，有机会常去那些县级城市走一走。到了夜晚，我在酒店打开电视，当地的电视频道充斥着各种妇科医院的广告，其中最多的，就是无痛人流。

作为一个过来人，我知道这绝对是骗人的。虽然现在医疗技术发达，但是只要想象一下，再小的胎儿也需要从子宫上刮下来，怎么可能不痛？也因为这样，在很多地方，做人工流产手术是需要全身麻醉的。当然，这样说会让很多国内的医生不以为然。人工流产这样简单的小手术，一个小小的卫生医疗站就可以搞定的事情，何必如此兴师动众？

不管是电视里还是街头张贴的小广告，都对年轻人发出一种强烈的暗示：“没有关系，出了问题，很简单就可以搞得定。”没有人教女性如何爱护自己的身体，也没有人提醒男性要尊重女性的身体，更没有人教年轻人要珍惜每一个生命，做任何事情都要顾及后果，要负责任。

想起电影《朱诺》，一个 16 岁的美国女孩发现自己怀孕了。她有三个选择：堕胎，把孩子生下来自己抚养，或者把孩子生下来送给领养家庭。当她去诊所准备堕胎的时候，她犹豫了，最后她选择了第三种方案。

有这样的犹豫和纠结，是因为内心对于生命还有着一种敬畏，也是在对自己的行为后果承担责任。或许在有些人看来，这样的犹豫实在多余，尤其是对于还没有成形的胎儿，甚至显得有点虚伪。只是，作为一个过来人，我明白对生命缺乏敬畏的可怕。因为你会把一个个未来可能会出现的人变成一个个数字，然后决定他们是否有权利存在，最后理直气壮地说：我只是完成了我的工作，而我的工作就是不让这些未来可能出现的人成为现实。这就好像个别妇产科医生在论坛上讨论，如何让大月份的胎儿不要活着离开孕妇的身体一样。他们都忽略了，这些成形的、未成形的胎儿，至少对于一个个家庭来说，不只是一个数字那样简单。那是鲜活的生命，意味着一个家庭的幸福和未来。

如果说因为穷困，因为生存的需求和迫切性，让我们无法生活得精致，无法去关心让自己活下去之外的东西。那么随着社会的进步，那些我们曾经觉得理所当然，甚至熟视无睹的事情，是不是需要重新进行反思了呢？

如果说，是否应该禁止堕胎这样的问题实在太大，因为涉及到个体是否有权利处置自己身体的问题，例如美国，堕胎问题成为保守派和自由派之间典型的分野话题。但是至少，通过权力去处置别人的身体是否依然能够被接受，甚至是否合法，应该拿出来好好谈谈。

我甚至开始羡慕我的尼泊尔同学，他生活在一个比中国要穷困得多的地方，但是他并没有丧失那种感受生命的能力。其实穷困从来都不是不尊重生命权的理由，那只不过是经济至上者的一种托辞罢了。

养犬与做人

想要养狗。一来是孩子很期待，二来自己也觉得，让孩子从小养动物，也是一种很好的学习过程。狗不单单是陪伴孩子玩的，孩子在与之相处的过程中，需要学习如何照顾它，这样一来，既可以培养他们的责任心，当未来有一天，他们面对它的生老病死时，也可以学会尝试一种情感的体验。其实不单单是对孩子，对所有养狗的人来说都是一样的。更确切地说，对养宠物的人，这些都是一样的体验。

一位动物培训师对我说，其实狗就是主人的翻版。比如，如果主人的作息时间不规律，想要培养狗的正常作息习惯，那就很困难了。这一点我深有体会，看到别人家的狗乖乖的，每天按时到固定的地方撒尿拉屎，我就很羡慕，但那是因为别人每天坚持在固定的时间带着狗外出散步，或者坚持在家里面给狗狗做训练而得来的结果。而我，因为呆在家里的时间太少，每次训练，坚持了两三天，就无法持续付出时间和精力了。有一段时间，看着家中的狗狗在房间里大小便，我又气又无奈。想想也不能怪它，早上到了它该去厕所的时间，我不是还在睡懒觉，就是已经不在家了，它忍不住了，又能怪谁呢？明白了这点，我终于下定决心，只要自己在家，一定坚持让它养成固定的作息习惯。很快，坚持就有了效果。

离开家，需要注意的事情就更多了。每次外出遛狗，我都会随身带着报纸和水瓶，因为将心比心，看到别人家的狗在路上留下的排泄物，心情自然不会太好，尤其是不小心踩上一脚的话。虽然在香港有明确的规定，但还是不能避免有人趁着没人看到的时候遗落狗狗的粪便。不过至少我还没有遇到过狗主人会当着别人面公然这样做的。

自家的狗和别人家的狗相处，其实也就是人和人之间的相处。因为狗是没有自主能力的，如果它侵犯了别人，自然是狗主人的责任。明白了这点，知道做不好就会遭到处罚，狗主人自然就会规范好自己的行为，承担起自己的责任，好好看好自家的狗。

曾经有一次，我在家门口发现了一只未成年的金毛，可怜巴巴的，不知被谁遗落在了那里。我和邻居一起在家附近贴了告示，但过了两三天都没有人来认领，我才意识到它是被人遗弃了。想想看，遗弃一只狗的原因可能有很多：或许狗主人经济环境转差，养不起了；也可能要搬家，新家的条件不允许或者没有空间养狗，又没有朋友可以收留它；当然，也有可能出于很自私的原因，觉得养狗原来那样麻烦，或者仅仅是厌倦了。这只小狗的主人在我们看来应该很无奈，最终选择把它放在我们的院子门外，应该是知道这院子里面养狗的人家不少，希望小狗能够有一个好归宿。

最后，一位邻居的朋友好心收留了它，不然的话，送到政府动物管理中心，如果没有志愿团体接收的话，就要面临人道毁灭的下场。从 2001 到 2004 年三年间，香港政府被迫人道毁灭的狗超过 3 万余只，其中很大一部分原因就是市民的弃养，而民间机构能收容的数量毕竟有限。

不过，这个数字正在逐年下降，原因很简单，狗的主人们越来越肯负起责任了。社会总会进步，政府和民间都是如此。比如，爱护动物组织在共同努力；比如现在，很多大人会带着孩子去领养被遗弃的动物；演艺明星们也带头呼吁保护这些可怜的小动物。

在养宠物的过程中学习如何做一个负责任的人，在享受自己权利的同时也学会尊重他人的权利，这本身也是给我们自己一个很好的机会，去学习如何在这个社会上做一个有责任心的公民。对于政府来说，有责任心的公民多了，社会管理才能有效，也才会更加轻松。

那些为了孩子的父母们

2006 年我去加州玩，顺便看望一位朋友。她刚当了妈妈，正在当地的一家月子中心坐月子。听她讲起来，这里环境还不错：有拿着合格执照的护士 24 小时看护，有专门的育婴房，还有专人准备中国产妇坐月子需要的那些补品。她说除了像她这样在美国工作、生活的中国妈妈，还有一些是特地飞过来的孕妇，就为了给孩子一本美国护照。

过去这几年，相关的新闻报道不少，从这些报道里面我们可以知道，这些原本由台湾人经营的月子中心，越来越多被大陆人接手，而国内的孕妇也已经成为这些月子中心的主力军。

因为月子中心里的住客越来越多，大约在 2007 年的时候还发生了这样一件事情：一家月子中心因为进出的孕妇太多，而且大部分是亚裔，以至于邻居以为这里是“人蛇集团”在贩卖婴儿和人口，于是报了警。等荷枪实弹的警察破门而入，才发现是一场乌龙。

不过，那次行动导致了美国警方对月子中心的扫荡，因为很多月子中心都是无照经营的。首先，美国规定，住宅不能作为经营场所使用；其次，美国对于育婴房的面积有严格规定，而很多非法经营的月子中心，往往把车库或者厨房直接改造成为了育婴房。去年，美国南加州地方政府在检查违章建筑的时候，发现非法经营的月子中心依然很多。

多就意味着有需求。对于一些中国父母来说，为了孩子能拿到美国国籍，只要安全、不被骗，钱不是问题。和那些特地到香港生孩子的父母一样，他们有的是为了去国外生二胎，有的是觉得可以让孩子未来多一点选择。

孩子是被动的，在哪里出生，在哪里上学，都是父母为自己做的决定。只是，拿了一本美国护照或者香港特区护照，虽然多了一种选择，可以享受这两个地方的福利，比如免费的公立教育、出行的方便……但是对于孩子的成长，事情并不是那样简单的。

我有很多朋友，当要从美国回到中国工作的时候，他们总是要花不少时间来考虑这样一些问题——自己的孩子到底在哪里读书？是留在美国还是跟着自己一起回国？回国之后，到底是读本地学校，还是在国际学校读书？小学还好，到了中学，是把他们留在身边，还是让他们自己回美国去读寄宿学校？

于是，有的家庭中的成员最终还是要天各一方：父亲留在中国继续发展事业，赚钱养家；母亲则带着孩子去美国。毕竟孩子太小，如果过早和父母分离，难免影响身心成长。那些让孩子留在中国的家庭，或是宁可烧钱也要让孩子读国际学校，或是为了让孩子进名牌小学、中学而费尽心思。

问题是，这些家庭是有能力的，而且对于他们来说，再不济还可以回到美国。对那些到美国或者香港生孩子的父母们来说，经济条件好的，自然没有太大烦恼。但是如果家境一般，甚至只是小康的话，随着孩子越来越大，他们选择的余地就不那么多了。

陪孩子去美国或者香港读书，身为中国公民的父母，该用怎样的身份去呢？难道一早就把孩子放在寄宿家庭？就算是去的话，经济上是否能够承受得了呢？如果留在国内，这些境外出生的孩子，尤其是在香港出生的孩子，无法享受本地学生的福利，那么家长是不是准备好了那一笔额外的教育费用呢？

不管是在香港还是美国，都有一些中国孕妇，临到生产才冲进公立医院的急诊室。其实这是非常危险的事情，因为医生手中没有孕妇的病历，如果出现婴儿过大或者双胞胎等特殊情况，生产过程稍有差池，就会造成婴儿缺氧，甚至导致大脑瘫痪。如果胎位不正，则有可能导致孕妇子宫爆裂，大量出血。这个时候，如果急诊室医生人手不足，就很难应付得了这种紧急情况了。

其实还有一个问题，那就是孩子未来对自己的身份认同。朋友的孩子在香港的一所新加坡国际学校读书，学校每天都要升新加坡国旗，结果有一天，在被问到他是哪里人的时候，这个只有 6 岁的小朋友很认真地告诉大家，他是新加坡人。直到他和父母一起回到北京，在北京本地的学校读了一年多的书之后，他才开始觉得自己是中国人。

如果一个在美国出生的中国孩子一直在中国接受教育，当他到了 18 岁，必须要选择自己的国籍的时候，会不会违背父母最初的愿望，选择加入中国国籍呢？因为他不像成年人那样，会计算不同的国籍、护照能够给自己带来的好处，他只是遵从自己内心对于个人身份的一种认同，这个时候，父母又该怎样去说服自己的孩子呢？或者，他选择了美国国籍，去了美国生活，但是却发现自己无法融入美国的主流社会。他会不会觉得沮丧，觉得自己没有了根呢？这个时候，父母是不是应该问问自己，当初到底是为了孩子的将来，还是把孩子作为让自己的未来多一种选择的投资呢？

聊聊港大

如果说香港的大学校园中哪个对我来说最有感情，那一定是港大。晚上上课的时候，从般咸道的门口拾阶而上，阶梯不宽，但走两段就会有点吃力，因为港大依山而建。再坐电梯到平台，那是整个大学最热闹的地方，贴有各种各样的海报。有的时候还会遇到学生在那里搞活动，从文娱广告到抗议请愿，林林总总。每次经过那里，我都会想起自己在复旦读大学的时候，食堂门口的那片布告栏。一片小小的空间，却好像承载了一所学校的灵魂，各种各样的声音和形态都会出现在这里，组成了一所大学的姿态。我没有见识过 80 年代的“北大三角地”，不过在我的想象中，应该也是同样的感觉。

因为这个原因，我总是觉得，香港大学的百年庆典与我有些关联。我虽然算不上是校友，但至少曾在这所学校里学习过，感受过，也在这里明白了一所好的大学对于社会的重要性。

一直觉得港大盛产精英。如果数数香港的高官，就拿这一届（2011 年）的 15 名司局级官员来说，其中港大毕业的就有 11 人。更不要说香港的那些著名的大律师、大医生了，只要是在香港本地接受高等教育的社会精英，绝大部分都来自港大。也因为这样，香港大学曾经被称为是香港的“东京大学”，是一所培养“官员”的学校。根据最新的调查显示，香港的公务员中，港大毕业的超过了一半。我一直觉得把港大和中文大学放在一起比较的话，后者要显得反建制和自由派得多，尤其是在香港的社运界有名气的那些，扳起指头数数，中大培养出来的绝对占了多数。

这当然和两所大学的历史有关。已经有100年历史的香港大学，曾经是殖民地时期唯一一所可以为本地华人提供高等教育机会的大学。学校到1961年还只有2000名学生，这些学生的履历也都非常相似。如果中学不是读的名校，英文不佳，考入港大的机会几乎为零。随着英国政府在香港治理的本地化，对受过高等教育的本地华人产生了大量需求，香港大学毕业生自然成为了理所当然的选择。后来，甚至有人把政府内的高官们分出一个“港大帮”来。除了公务员系统，这些港大毕业生还垄断了香港的医疗和法律领域。

60年代，以中文授课的中文大学因获得政府支持而成立，但是这个时候，由于英语依然是官方通用语言，因此进入官场和公务员系统的人依然集中在香港大学。直到1974年，一批香港学生发起了中文运动，从这之后，中文才在高校获得了合法地位。至于专业领域，中大到了70年代才开设医学院；而直到1993年，香港的大学里面也只有港大才有法律学院。

因为反殖民的传统，中文大学充满了抗议精神，有着反叛的传统。不少中大生甚至很看不起港大生，觉得港大是培养殖民地精英的地方。80

年代，为了抗议当时港英政府的教育政策，中大学生全校罢课。虽然在香港，七八十年代就能够上大学的人自然被归入社会精英，但是和多数走仕途以及专业类路线的港大生相比，盛产反殖民统治人物的中大所培养出来的学生，气质还真的很不一样。

其实，关于港大的争议，这些年一直没有间断过。2006年，在接受了李嘉诚的10亿捐款之后，港大校务委员会决定，把港大医学院改名为李嘉诚医学院。而这所医学院的前身是成立于1887年的香港中西医书院，孙中山就是该书院的第一届毕业生。这个决定遭到了该医学院很多毕业生的反对，他们拿出港大的校训“明德格物”来质问校方：一个勉励学生进德修业的学校，如果这样做，难道不是在告诉学生们“钱”才是成功的标准吗?

不过最令社会关注的还属钟庭耀事件。2000年，港大民意调查中心主任钟庭耀在媒体发表文章，说当时的行政长官董建华通过校长向他施压，要求他停止对港府和行政长官的民望进行民调。事件公开后，政府否认并指责钟庭耀损害政府声誉，要求他做出解释。香港大学还成立了独立调查委员会，传讯相关人士。最终，在社会舆论以及港大师生的要求下，当时的港大校长及一名副校长辞职，算是为港大挽回了些声誉。对于一所大学来说，独立的行政以及学术研究权利是它的基石，没有了这些，大学只会沦为为政府服务的高级培训机构，无法承担起推动社会前进的责任。而限制之下，大学的创造力会被扼杀，也不可能解放思想，同时还会丧失学术意见的中立客观。

一直以来，最令港大骄傲的人是孙中山。1923 年，他在陆佑堂——也就是这次港大举行百年庆典的地方发表过演讲。当年孙中山的演讲由港大学生会主办，演讲结束后，孙中山被学生们抬出了讲堂，场外师生们纷纷要求与他合影。对比当年的历史，再看这次百年庆典中的陆佑堂，在同样的地方，你会发现：达官贵人高朋满坐，学生却寥寥无几。也正因为这样，一场讨论持续到现在——港大曾经引以为荣的价值观，如今还在吗?

我的“第一情结”

最近看到一组上海的中学排名，发现自己的母校从第一变成了第四。其实不单单是母校，曾经就读的大学，名次也在不断降低，我心里面忽然有些怅然。只是，怅然过后又习惯性地开始反省：自己这种“第一情结”到底是从哪儿来的?

遇到一个政府官员，也有跟我同样的怅然，原来在全国的城市排名榜上，他所管理的城市没有拿到第一。当然，排名榜的名头是越来越多，最具幸福感的、最有竞争力的，最近又有治安最好的……定下神来想一想，正是因为各地都有像我这种有“第一情结”的人，于是应运而生出各类的排名榜。人们期待着总有一个属于自己，就算排不到第一，至少能够接近第一。

这种情结到处可见，企业的公关稿、政府的新闻稿，里面用不同的数据告诉大家，在某某领域又拿到了全国、亚洲或者是世界第一。而“第一”，则变成了最有力的证明自己比别人强的证据。

简单地用一个排名来判断一个事物的好坏，导致了这种“第一情结”的盛行，还衍生出这样的文化：比如一定要拿一个吉尼斯纪录，不管这个纪录到底有没有实质性的意义；如果有一栋全球最高的大楼，那一定是和世界接轨，或者是成为国际化都市的标志。

更有甚者，还衍生出一种“第一情结”产业，那就是各类排行榜。为了拿到第一，有需求者就会千方百计地公关，对于造榜者的能力和信誉则并不关心。造榜者自然乐不可支，因为这对他们则意味着生意兴隆，财源滚滚。

先对自己负责，才能对社会负责

坐飞机的时候，航空公司会在起飞前示范一系列安全措施，其中一条就是戴氧气面具的时候，一定要先给自己戴好，然后再去帮助身边有需要帮助的人。一开始，我觉得有些别扭，因为这有违我从小接受的教育信条：难道不应该先帮助别人，把别人的安危放在自己的前面吗？如果时间短得只够一个人戴上面罩，那么出于高尚情操，不是应该舍弃自己的求生机会吗？

过了很长一段时间，我终于理解了这样做的道理。试想一下，如果自己没有戴上氧气面罩，没有能够确保自己在有足够的体力和注意力的情况下就急着去帮助别人，那么很可能使自己和别人都陷入险境。这就好像自己如果不会游泳，却奋不顾身地跳入河中去抢救别人一样，可能会因此引发一连串的悲剧。

也因为这样，我一直觉得，人需要对自己负责，对自己的生命安全负责，这才是高尚情操的前提。要做到这点其实并不容易，如果我们从小就没有足够的风险意识，不知道该如何正确地自我保护，老师也没有教会我们如何避免可以避免的错误，那么说起要我们珍惜自己的生命，其实还是很容易疏忽大意的。

我记得2010年时，我的复旦学弟学妹们曾面对舆论的压力，因为他们当时在登山时迷了路，导致一位参与救援的警察在救援的过程中不幸失去了自己年轻的宝贵生命。

很多人批评这些年轻人缺乏感恩之心，悲剧发生之后，居然没有表现出伤感的情绪。我不想评论这些，因为外人无法从别人的言行去准确体会别人的内心，尤其还是这种经过别人转述的场景。但是这些年轻人是否缺乏对生命的敬畏呢？我觉得，从某种程度上来说，他们把生命想得过于轻松了，以至于在行动的时候显得有些轻率。我只希望，因为这次事情，大家至少能够明白生命的脆弱，学会对自己更有责任心，如果做到了这一点，对于社会就已经是一个不小的贡献了。

对于户外运动，或者是其他有风险的运动，每个人都有自己选择做或不做的权力。而在面临险境的时候，我们需要做出正确的判断，下一步到底该如何继续？但是正因为掌握了选择的主动权，就需要为自己的生命安危负责。充分的风险预测、专业的装备非常必要，不要抱着侥幸心理贸然行动。在整个过程中，只要有一个细节可能出现问题，有一个决定可能导致错误，那就三思而行，甚至停止行动。这么做是对自己负责任的起码要求。如果因为自己的莽撞，或者是准备得不够充分而发生了意外，就可能为此付出惨痛的代价。对于这些复旦的孩子来说，这个代价如果是生命的话，教训确实是太大了。

而对于那位年轻的警察而言，情况就不同了。他不是主动地选择了这种风险，但他的职业包括了各种风险在内。也正因为这样，他的职业培训也为他提供了应对风险所需要的各种专业技能和设施条件。2010 年国庆节去攀登哈巴雪山，我就充分体会到了专业装备、经验以及技能和判断能力的重要性。那次经历中，两名登山者罹难，我也目击了自发救援所承担的风险，对此更是深有体会。如果每个人都能够小心谨慎地对待自己的生命，就不会牵连到别人的安危。而专业救援队伍的缺乏，显然和户外运动发展的速度以及人们的热情差距太大了。

我真心希望，这次复旦学生们的悲剧能够教会大家懂得对自己的生命负责任。而帮助别人的前提是先保障好自己的安全，只有这样，我们才能够以最安全、有效的方式，以集体的力量，去应对户外运动种种可能的风险。希望这样的悲剧永远都不再重复。

我的上海

忽然很想写写我的家乡上海。

我喜欢可以行走的城市，这一点要感谢上海的资源保护措施：淮海路后面那些小马路都被很好地保留了下来，而且政府还立法规定，这些马路都是不可以拓宽的。当然，倒不是说我有多不喜欢那些高楼大厦，只不过，在过宽的马路上行走，你无法同时享受两边的景致，总觉得走在这边，就错过了另一边的风景，从而在焦虑和抉择中，少了些走路的兴致。而且，人走在过于宽敞的马路上，有种被林立的高楼淹没了的感觉，很难有在梧桐遮蔽的小马路上行走的惬意与徜徉感。

我的一些住在北京的女朋友说，到上海最喜欢做的事情就是去逛那些街边的小店。我也一样，那一家家的小店个个都别具特色，店主人有的热情和气，有的让人走进去立马就想转身离开，但这些也都是乐趣所在。最重要的是那种一家一家寻找自己喜欢的东西的过程，特别是看到卷标牌上的价格之后，想着要跟老板讨价还价，总要装出一副不为所动的表情，好像是在打一场很严肃的心理战似的。

上海的这些别有韵味的小马路上有很多好吃的餐厅。几年前，朋友带我去了一家由两个奥地利女孩开的咖啡馆。这次去的时候，我还真担心找不到了，毕竟好几年过去了，不知道会不会已经不在了。还好，咖啡馆还在，虽然是一大早，一个勤劳的女孩已经来上班了。不过她到了之后的第一件事情，是先给自己做了一杯咖啡，挑选了一块蛋糕，那种从容不迫地开始一天的架势，勾起了我脑海中很久以前想要开一家面包坊的念头。

坐在田子坊的一家小餐厅，吃着刚出炉的披萨，无意中抬头，看到隔壁卖红酒的小店里面，女主人正对着酒架一个人练习舞步。她穿着一条在我看来只有在出席正式晚宴时才会穿的长裙，时不时地对着一排排的酒瓶检视自己的舞姿和侧影。我看得有些痴痴地发呆，想着这样的女子，这样好的心情，真是好久没有看到了。想起王安忆在《长恨歌》里描写的40年代的上海滩，和那个上海弄堂里面有着自己故事的女子王琦瑶。现在的上海，在这样的地方，守着这样一家小店，她的故事，说不定比小说中的人物还要精彩呢!

上海是一个有故事的地方，在石库门老房子里面，已经80多岁的姑妈第一次仔仔细细给我讲述我们家族的历史。从阁楼的窗户望出去，已经不是记忆中的那个场景，一栋栋高楼密密麻麻地矗立在这座城市当中。好在还有那些别有老上海韵味的小路，那些一年比一年更参天的梧桐树，能让我找到熟悉的上海味道。

安全感

因为记者这个职业的需求，我总是要去一些人生地不熟的地方，尤其是那些经历战乱、灾难，或者是治安糟糕的地方。一个陌生人来到这种地方，其实很容易就成为被抢劫和袭击的目标。

我一直觉得，与炮火和山崩地裂比较起来，最危险的其实还是人。因为在无政府状态下，或者是在一个无能政府的管治下，只要遇到一个不在乎生命的人，你其实是没有自保的方法的，而且对方也不会因为伤害了你的生命而付出任何代价。在那样的地方，压根就不存在大家认同的规则——一种我们称之为法律，或者道德约束的东西。也因为这样，我一直觉得自己是个特别有运气的人，因为我自己在那些地方遇到的当地人大都相当友善，而这种友善，又会让人产生一种安全感。当然，这种安全感是双向的，因为别人也需要感受到来自于你的同样的善意，这样才可能对你表达他们的友好。

安全感是现代文明生活中最起码的东西，用马斯洛需求层次理论来说，安全需求位居人类需求第二位，仅次于生理需求。虽然我不会要求有夜不闭户的生活，但是我觉得，政府的一个起码的责任就是要保障民众的安全，而当民众生活在恐惧当中的时候，也就是这个政府的管治出现问题的时候。

那么，什么是安全感？在我看来，安全感就是一个人在社会生活中没有持续的恐惧感。而这样的感受既来自物质，也来自精神上的保障。

有的人因为没有能力买房而没有安全感，在中国人传统的观念中，家往往就是自己拥有的房子，而如果没有自己的房子，也就意味着生活还没有稳定下来，随时可能面临居无定所的未来。也有人担心自己万一老了病了，会不会没有足够的金钱来获得医疗保障，会不会因为昂贵的医疗费而让自己倾家荡产。要让这些人有安全感，就需要政府为社会提供一张安全网，让大家相信，即便没有自己的房子，没有足够的存款，依然能够有居住落脚的地方，每个公民都可以获得基本的生活保障。

同样的，如果一个人每天都在担心自己的家门会不会随时被陌生人闯入，自己的财产会不会随时被别人侵占，终日惶恐不安，那么这样的社会正是在精神层面上让民众失去了安全感。

每个社会都需要有大家共同遵守的规则，而这些清晰而公开的规则，规范着人们的行为，同时也对违反规则的行为进行惩罚。正因为这样，人们对于自己的生活规划，对于自己的得与失才会有把握，因为大家已经认同这样一点：如果违规，就需要付出代价，而即便是这样的代价，也是人们可以预期的。生活的不确定性也因此而减少了，所谓稳定的生活，大致也就是这样吧！

正因为如此，民众对于政府的期待之一，就是要让民众拥有安全感。

一个负责任的政府，是敬畏生命、信任个体的，它能够让民众感到安全。当政府让民众有过太多失望后，只有以这种安全感让民众感受到信任，民众才会以自己的信任回馈社会。

除了需要政府提供一个大环境，一个让人有安全感的社会，人们也需要依靠自己去解决一些心理问题。人类缺乏安全感的表现很多，其中有一点，就是内心深处对自己和别人都不够信任，对生活周围的人与事总是抱着怀疑的态度。想起那些我遇到过的身处乱世的陌生人，尽管他们生活在如此不安全的地方，却从没有丧失过对人的信任，我在他们的言谈举止中可以感受得到。我不知道是自己先付出了信任，还是对方对我信任在先，或许这种双向的付出是不分先后的。

安全感有多么重要？想象一下，当我们不需要每天去想食物是否安全；当我们不需要担心遭遇了暴力后，会不会得到公平的处理；当我们不会害怕因为讲了真话而被安上莫须有的罪名……那么这样的社会，我们是否就可以安心地生病，安心地老去了？

30 岁的特区

第一次到深圳是在 1988 年，我还记得那时候，深圳最高的大楼是国贸大厦，香蜜湖已经算是很遥远的地方了，更不要说蛇口了，简直觉得它和深圳属于两个地方。在这里，你可以看到讲广东话的香港电视节目；你可以去中英街感受香港，它和你就隔着一条狭小的马路；你还可以在这里买到各种各样的舶来品。最重要的是，这里的人来自全国各地，五湖四海。在酒楼里面，你可以听到各种各样的方言。到处都是生意人，谁都显出很有把握的神情，做着这样那样大大小小的生意。虽然我来自上海这座都市化的大城市，但是深圳，这个夜晚总是显得特别热闹的城市，还是让我充满了好奇。

1992 年我大学毕业，提着一只箱子，一个人来到了深圳，住在一个叫蔡屋围的地方。现在，这个地方已经盖起了高楼大厦，蔡屋围的村民也因为这个城市的发展而拥有了不小的财富，而这些财富的数目，在他们还是渔民的时候是从来没有想象过的。

前些天，香港的同行打电话给我，希望能够介绍几个个案给她，她要做一些关于“深圳特区 30 年”的采访。我问她需要怎样的例子。她说，当然最好是上世纪80年代到深圳打拼，现在事业有成、生活富足的那种人。

看看那些当年在深圳闯荡时认识的朋友，个个都是适合的采访对象，都可以现身说法来讲述他们自己和这个城市共同发展的印记。那个时候，大家要么住在集体宿舍，要么和几个朋友合租一套农民房，周末的消遣就是到酒楼喝一顿早茶，或者逛逛东门。最喜欢的是宵夜，那个时候到处都是大排档，点上几瓶啤酒，几个炒菜，和三五好友一聚。从来没有羡慕过别人的大房子或者名牌包包，大家都相信，只要努力，只要找准机会，未来的生活肯定会比现在更好。

朋友说起当年开大排档的日子，现在的他，已经拥有财务自由，可以随心支配自己的时间了。而他当年的第一笔财富，正是得益于深圳上世纪 90 年代的股票市场。另外一个朋友说起上世纪 80 年代末 90 年代初他们经常去的那家叫“公爵”的酒吧，当年深圳那些新潮的年轻人都喜欢在那里聚会，而就是在那里，她认识了自己的另一半。现在已经是外国公民的他们又回到了深圳，因为觉得在这里适合开拓自己的事业。那些留在深圳踏入仕途的朋友，和其他地方的公务员相比，当年单位福利分的房产，让他现在能够安心负担一个小康的家庭。

大家聊起另外一个共同的朋友，这个曾经在深圳翻云覆雨的商界传奇人物，经过了几年的牢狱生涯之后，现在又要低调地重出江湖了。这就是深圳奇特的地方，在上世纪八九十年代，你能够在这里看到太多的人生起伏，一个之前还腰缠万贯的成功商人，会在顷刻间变得身无分文。

不过回头来看，最终，这些传奇只不过是昙花一现，真正在这个城市留下来的，还是那些依靠自己的努力，踏踏实实工作的人们。那些曾经依靠皮包公司致富的人，最后还是无法积累自己的财富，因为他们尝到了欺骗的甜头之后，总是希望能够又一次成功，却忽视了这个城市从混乱走向成熟之后所建立的规则。因为他们缺乏眼光，于是终于被这个城市所淘汰。

但是，30年后的这个特区已经不再是当年那个充满机会的城市，它和其他大城市一样，生活的脚步开始放慢下来，社会已经形成了自己的规矩，机会开始减少，也使得不管是在这个城市长大的年轻人也好，还是带着期望来到这个城市的外来年轻人也好，生活压力都开始增加了。或许，这是30岁的特区需要考虑的问题，不然，特区也就没有其特色了。

为人父母操碎了心

几个家长带着孩子逛上海，世博会、外滩、石库门房子，几天下来，孩子们一口认定上海科技馆最好玩。问他们理由：世博会虽然大，但是人太多，而且互动的东西不多；科技馆虽然人也不少，但是可以动手。对我们这些家长来说，科技馆有冷气，在如此炎热的上海，也算是种享受。最重要的是，孩子们在玩的过程中，也学到了不少东西，就连我们这些大人，也重温到了不少地理、天文、生物等方面的知识。

想必是因为暑假的原因，不少家长和我们一样，特地带着孩子来逛世博，再顺路去逛科技馆，所以科技馆里面和世博会一样人潮汹涌。也因为这样，如果不是规定要排队的项目，要挤进人堆，还真的需要一点力气和技巧。好在这些天，孩子们已经很快学会了如何在被人挤的情况下保护自己，甚至学会了如何去挤。

其实面对这样的场景，我们这些为人父母的内心相当矛盾，一直教导孩子要有礼貌，在公众场合要遵守秩序，但是现实却是，你被别人踩了，别人不会道歉，倒不是因为没有礼貌，直到现在我还相信，是对方根本没有意识到自己踩到或者撞到了别人。而如果要遵守秩序，在大家都不排队的情况下，你就永远只能站在人堆外面。于是，我们只好决定调整策略，告诉孩子们，如果大家都在排队，千万不能插队，但是如果别人都在挤的话，那么好吧，学会挤也算是一种生存之道，不然在这种情况下，你根本毫无竞争能力，虽然这种竞争能力，并不是我们想要的。

在科技馆，虽然游戏机前面写得很清楚，每个人最多玩 3 分钟，但是一个四五岁的小朋友已经玩了 10 分钟，他的妈妈一直坐在游戏机桌子上，对于排在后面的我们视而不见。我终于忍不住对那位妈妈说："能不能这样，让我们先玩，因为我们一定只玩 3 分钟。"那位妈妈看看我们，让自己孩子停下来，小朋友当然不肯。看到妈妈放弃了，我们只好蹲下来开始和小朋友耐心地讲道理，很快，小朋友放下了手里攥着的游戏机，让了出来。其实，孩子们在公共场合的表现，很大程度取决于家长如何对他们言传身教，如果大人肯教，潜移默化中，孩子长大了一定会养成一些好的习惯。

看着那么多的人，我心里有些感慨，供求失衡，竞争自然大，但还是有很大的改善空间：人多的时候，可以用"派筹"的方法，减少排队等候的时间；热门的表演可以适当增加一些场次，拉好绳子作栏杆，让大家自觉养成排队的意识等。

其实，就算是成年人，只要有好的管理方法，好的大环境，同样是能够培养出好习惯的。世博园内虽然人数总是维持在三四十万居高不下，但是却没有刚开始那几天混乱的感觉。除了运作越来越顺利外，游园的观众看来都做好了排队的思想准备，人虽然多了，却反而显得有条不紊，大家排得也相当有耐心。

台湾的朋友讲起台中的科技馆，说差不多经历了10年的时间，场馆内的嘈杂声才慢慢消散。一方面是凑热闹的人少了，真正观赏的人多了；另外一方面，人们开始注意自己在公共场合的言行举止。这就好像在七八十年代台湾游客的名声都不太好一样，不管在世界各地，你看到飞机上大声吵闹的，一定是台湾人。我笑她，其实现在飞机上还能遇到这样的台湾乘客，当然不是一群了，而是个别。

说到上海，出租车上贴着这样的标签：精神病患者需要在家人的陪伴下才能够乘坐出租车。在饭桌上，大家就此事争论起来，台湾的朋友认为，这很明显带有歧视成分，而且精神病包含的症状很多，抑郁症、失眠症也都包括在内，如何来判断呢？由谁来判断？住在上海的朋友则认为，能够这样写，就是在表达对精神病人的一种关爱，是很不错的做法。

还有一个大家争论到最后也没有结论的话题，那就是五星级酒店是不是应该拒绝非住客入内，因为新开张的和平饭店门口用绳子拦着，让人望而却步，但是看到门外那么多的游客，又很明白酒店这样做的原因。只是，有没有更好的办法呢？

保留多语言文化的社会

昨天一名广东的同行问我关于方言的问题，他的角度非常有趣，问我平时在生活中是如何切换语言的。我想了想，平时在家里面和女儿说粤语，和老公说普通话，和印尼来的家佣夹杂粤语和英文交流，如果和还在上海的父母通电话，当然是说上海话。遇到隔壁的邻居，因为是英国人，只能说英文，因为对方虽然在香港住了10多年，老婆还是香港人，但是到现在还不会说粤语。

听上去好像很麻烦，但是真正转换起来，却是非常自然的事情。简单来说，就是见什么人说什么话，语言说到底只是沟通的工具而已，哪种沟通起来最有效率，最方便，也最亲切，当然就会自然而然地使用哪种。身边这样的朋友很多，比如好几个在台湾出生长大，但是在香港求学、工作落户的朋友，平时聊天大家用粤语或者普通话，而他们一接到家里或者台湾朋友的电话，马上会转换成闽南话。在公司开会，也常常是粤语国语转来转去，反正大家都听得懂，差别在于哪种语言表达起来更方便。

很多人对方言有抵触情绪，因为听不懂。听得最多的一种关于上海人排外的说法，就是一群人聊天，如果里面有两个上海人，总是会看到他们自己用上海话聊天，不时用眼角瞟瞟其他人，让周边的人很不舒服。还有就是，在上海问路，对方如果是上海人，那么十之八九就是不肯跟你说普通话。我想，前者属于个人修养问题，和方言本身无关；后者属于语言技能问题。所以我从来不反对学习普通话，毕竟中国那么大，方言那么多，普通话可以方便大家更好地交流。

但是不能为了推广普通话就剥夺了大家说和学习方言的机会，尤其是在校园。为何觉得校园如此重要？因为对于孩子来说，校园的语言环境往往决定了他们愿意用怎样的语言与人交流。其实小孩子不会说方言这个现象已经不单单是在上海很普遍了，我看到身边的例子也不少，网友们也提供了很多，在广州、湖南等地方都有。

不少在国外的朋友也有这样的经历，为了让自己的孩子学习中文，于是周末把孩子送到中文学校，在家里也尽量和孩子说中文。但是等孩子上了小学之后，不知不觉地，家里面的对话就变成英文了。孩子拒绝说中文，因为校园里面没有这样的环境和能够说中文的同伴，孩子自然而然觉得说中文不酷。虽然有周末中文学校的课程勉强维持着，但是孩子的中文水平还是在不断退步。

至于方言节目，仔细回想自己小时候，看的、听的几乎都是普通话节目，只有去了郊区，才能够听到用沪语对农村的广播。但我们那时候并没有因为没有方言节目就不会说上海话了。说到底，周围生活的环境影响比较重要，那时候，不管是在学校还是其他的公共场合，说上海话都是再自然不过的事情，而且那时独角戏、沪剧、越剧等都很流行。但是现在，每次回上海，我发现除了和家人还有出租车司机能讲上几句上海话，其他的时候，讲上海话的机会实在不多。在这样的情况下，方言节目对于保护方言来说，就显得尤其重要了。

有些人反感方言节目，其实一个城市的多元化就在于大家可以对语言进行自由的选择，只要不是垄断了播出渠道，让不懂方言的人没有选择（事实上这是不可能的，就算在广州，除了粤语节目，也还有很多普通话节目可供选择），那么方言节目除了服务本地观众之外，也给那些愿意学习方言的外来人提供了一个学习的渠道。

20 年前在上海读大学，宿舍里有很多外地来的同学，4 年之后，他们中绝大部分人都能说一口流利的上海话，就算说得不好，至少也完全能够听得懂。而我自己，总是善意地建议那些来香港求学的学生：快点学会粤语吧！因为这样能够让大家更深入地融入和感受这个地方和这个城市，以及与这个城市里的人们拉近距离。而且，在香港会讲广东话，对你求职来说也是一种便利的优势。

当然，这种选择也是双向的，当一个外来的人愿意去学习当地的方言的时候，这个城市也需要表现出一种包容。而现在的上海，还有香港，在这方面都已经和十几二十年前不同了，本地人已经愿意主动说普通话了。特别是在香港，香港电台的普通话节目，算是政府拨出资源为那些不懂广东话的居民服务的。因为一个在语言上有歧视的城市，本身就算不上真正的国际化城市。

至于有的人觉得，普通话是一个城市走向国际化的标志，这就有点误导了。40 年代的上海其实已经很国际化了，而讲粤语的香港，应该也算得上国际化吧？

在众多的方言当中，粤语算是比较特殊的一个。中国的外交部考试，如果你懂粤语，还算你多懂一门语言。其实我更希望这次关于保卫粤语的讨论，可以让大家意识到保护方言的重要性。还是那句话，普通话和方言从来不对立。原本并没有问题，但是现在，既然普通话已经很普及了，为何不能给方言留出更多一点发展和保留的空间呢？

一些悲伤的感慨

过去几天，好几次下定决心更新博客，写了几段就继续不下去了。其实可以写写过去一个星期自己假期里的见闻，但是任何风花雪月的东西，在这个时刻，这个地方，都显得很不合时宜。如果是谈些严肃的话题，又觉得有些意兴阑珊，因为任何的语言，都显得如此苍白。

于是我对自己说，等自己真的想好了，再回到这里写点什么。

现在，我依然困惑，只不过觉得把这些困惑写下来，或许是一个让自己思路清晰的最好办法。

这些天的假期，我发现生活可以过得很简单，只要把所有的重心都放在一个点上，比如孩子的教育和成长上，不要去想钱是怎样来的，自己孩子的拥有是否意味着其他孩子的失去等；比如只想如何做好生意多赚钱，不去考虑自己在经营的过程中是否合法或者符合道德；再比如如何把每天的班上好，做好所有被要求的工作，而不要去考虑这些要求是否会违背自己的良心和理念。凡是和自己无关的，都不需要去关心。

很多人就是这样满足地过着每一天。在他们面前，很多时候我会觉得，自己对他们来说显得有点可笑，甚至是扫兴。因为在我脑中的那些人和事，其实和自己的生活并没有直接的关系，而如果没有想到这些人和事，我就不会时常显得忧心忡忡。

但是，我却又很坚定地相信，关心这些和自己没有直接关系的人和事，也就是在关心自己和孩子的未来，因为你不知道哪一天，同样的事情就会发生在自己或者孩子的身上。

当然，你可以选择离开这个地方，到其他地方去生活。就好像有一种在海外打拼生活的中国人，他们的目地就是为了让自己和孩子拿到一个身份，而这个身份，除了旅行方便，更重要的还是一个安全保证，当有事情发生的时候，他们可以选择离开。

但是，大部分人是不会离开的，有些是不愿意，有些则是没有能力。如果对这片自己出生的地方还有一点点感情，而不是只把它当成自己赚钱的机会的话，又如何能够做到真正的漠不关心呢？更何况，如果每个人都冷漠和愚钝，那我们所有人的未来又会好到哪里去呢？

所以，我佩服那些行动者，特别是那些用温和、理性、守法的方式坚守自己原则的行动者。当我自己还在为是否应该关心而内心挣扎的时候，他们已经付诸行动了。他们选择了关心那些看上去和他们无关的人和事，他们会因此比别人承受更多的痛苦，甚至遭受非人的苦难。

一个和谐社会当然需要这样的行动者，他们好像一个社会的安全阀，让人们的不满在爆发前得到宣泄和舒缓。痛苦是无法避免的，而苦难却往往是人为造成的。让这些行动者遭受苦难，是因为把他们看成了敌对的力量。但是，为何就看不到他们建设性的一面呢？而更让人感慨的是，当这些默默无闻的行动者需要帮助的时候，他们的周围却无人伸出援手。所以，虽然不是人人都能够成为行动者，但是只要能够关注和自己无关的人和事，愿意在别人有需要的时候伸出援手，这个社会的悲哀就会少很多。

我们真的和他们不同吗？

对一件事情有不同的看法，这是太正常不过的事情了，一个人所看到的，可能和另外一个人看到的截然不同。这就好像我们谈论同一个人，在外人眼中，他只是一个官僚，但是在他的家人和朋友看来，他却是一个亲切而可爱的人。

有的时候，我们看一些观点对立的人互不相让地争来吵去，撇开内容不说，却指责对方的思维方式，甚至是语言风格和表达方式。如果立场相同，这样做叫“内耗”；如果立场不同，这样只会贬低自己。

我总是相信，如果真的认为自己是站在了正义的一方，是不需要用声音的大小、语言的强烈程度来证明自己的正确与否的。有时候，我们越是大声，越是用空洞甚至是人身攻击的语言对待别人，只会显得自己的理据不足，甚至暴露心虚，至少是缺乏自信的表现。这就是为什么很多时候我非常不喜欢那些只会大叫“反对”的政客。其实你不需要指着别人的鼻子，或者向对方扔掷香蕉，你只要用清晰的提问，要求一句对方的良心话，自然可以分出个高低来。

人类还是有着基本道德规范的，不然，为何有些人要为自己的行为一再地做掩饰呢？

也许和我们从小接受的教育有关系，那些英雄人物总是义正辞严地捍卫自己的理念，对待敌人毫不手软，因为软弱即意味着失败。但是时代毕竟不同了，人类社会在不断进步，意识形态不同的国家之间都能够和平相处，何况是不同意见的个人呢？剥夺别人的生命，禁锢别人的自由，摧残别人的身体和意志，这些都已经成为遭到谴责的行为。所以，当自己在接受新观念的同时，思维模式、语言模式、表达模式都需要与时俱进。

一直以来，那些劫富济贫的人被视为侠义之士，公义总在人心，东西方都有自己的典型人物。那是因为以前没有法律，或者是存在不公正的法律，再或者，是不被人信任的法律。同样的，社会进步了，人类社会追求的是法治。等待或者赞美一个替天行道的侠客，同样是对法治精神的破坏。执着地追求法治，也许会有两个结果：一个是推动法治社会的发展；一个是让对方不胜其烦，索性抛开“法治”的面具，让人看清真面目。但是，如果把别人拒绝进步当成放弃法治的理由，这并不能立得住脚。

因为不满一个架构，我们把愤怒发泄到这个架构内的个人身上，他们的性命不再重要，因为他们就代表了这个架构。如果在他们身上发生了悲剧，他们不会得到同情，因为那是天谴，因为是他们导致了我们的悲剧，是他们压迫着我们。而他们这样对待我们，是因为我们同样只是一个抽象的团体，不是一个个活生生的人，于是一个个的悲伤，是没有办法让他们软下心肠的。只是这样的对立，如果有一天发生倒转，我们不也就变成了他们吗？我们和他们，又有怎样的不同呢？

不管是以动作暴力还是语言暴力对待与自己观点不同，或者自己反对的人，都会让人产生这样的担忧：当这样的人占据了强势地位后，可能会比他们原先反对的那些人变本加厉。

2011年在人大讲座的开场白

最近，关于大学生的讨论很多，比如《非诚勿扰》中那个哈佛本科、牛津硕士、伯克利在读博士的安田。看到很多评论，把一个安田上升到代表整个哈佛，似乎哈佛毕业生都是这个样子，我觉得非常好笑。有人拿哈佛教育和中国的大学教育进行比较，我觉得，这又是一个简单化和标签化的典型逻辑。甚至，我因为自己固有的偏见，开始恶意地揣测：这会不会又是一次炒作？我甚至产生一种念头：是不是需要去核查一下这个安田的身份。

但是，看完节目视频后，所有的揣测和念头都消失了。打动我的不是他的学历，而是他的笑容和坚定的眼神。这些都无关他来自哪个学校，因为即便他能用英文流利地背出自己在哈佛所学到的东西，他的那些同学，他的学姐、学长、学弟、学妹们从中得到的启发，或者说对人生观产生的影响，都不会一样。这就是为何我会从一开始就觉得，把一个哈佛的毕业生等同于整个哈佛，实在是太不负责任了。我们眼前看到的他做出了这样的选择，放弃了到投资银行赚钱的机会，但还是会有其他的哈佛毕业生，把钱看成很重要的目标。正如最后安田所问的问题：如果中奖得到了

1000 万美元，会怎样去花？不同的哈佛毕业生，一定会有不同的答案。

尽管这样，我们必须看到一点：在哈佛也好，在其他大学也罢，学生们可以有自己的选择，他们对成功的定义、对个人的发展，也有自己的理解，而他们的选择，不会遭到太多外在的不理解，甚至被别人认定为是异类。正如安田在舞台上的表现，没有被太多人认为是有异于常人的表现。不是因为他的自信而走不同的路，也不是因为他的疯癫而表现不同，大家会觉得，这很正常。因为一个社会，就是由各种不同个性的人组成，由各种不同的标准、不同的人生途径所组成。

成功的标准很多，你可以选择赚钱，也可以选择成为一名公务员，在仕途上有所发展，也可以去做一个非营利组织的工作人员，或者建立一个温馨的家庭，养育孩子，能力足够的话，还可以收养一两个孤儿，或者在名校毕业之后去卖猪肉，去做一个乡村的小学教师。一个社会，对于成功不是只有唯一或者少数的定义和标准。我认为成功在于是否能够做自己想做的事情，而不是为了满足社会和周围人的标准。

当然，这不是中国的现实，对于成功，在中国的标准则显得非常清晰——功成名就。如果不是这样的标准，我也知道，我不可能出现在今天这个讲台上，因为在很多同学心目当中，我应该是成功者的一分子。也因为这样，这段时间我听到太多同样的问题，问我如何才能够成为一名成功的记者。我一直不知道该如何回答这个问题，因为在我看来，首先要对这个职业有一种发自内心的热爱，其次需要对专业有追求。但是即便这些都具备了，也未必能够让你达到这个社会所认定的成功的标准，如果缺少机遇的话，你永远只会是一个默默无闻的记者，但这样的记者是否就是不成功呢？我只能说，因为运气，因为我所在的平台，我才能够有今天的知名度，但是即便没有，即便我依然默默无闻地做着这份职业，而我依然深爱着，也对自己保持着职业的要求的话，在我看来，我就是成功的。当然，这样的话现在由我说出来，实在是难以让人信服，因为现实并非如此，我已经是一个既得利益者。

也因为这样，更让我觉得自己应该去做更多的事情。既然如此幸运，就好像中了1000万大奖那样，我就必须要思考这样一个问题——我还能够为这个社会做些什么？就好像写文章、写书，如果用功利的标准来看的话，这些时间的付出远远比不上参加一次商业活动有效果。但是，我很清楚地知道，这是我可以回馈社会的一种方法，一种我自己力所能及的事情。作为一名已经步入中年，也已经有些社会影响力的人，我做的这些，至少可以影响到一些年轻人，在座的你们，不管多少，总有人会从我们这些过来人的所作所为中发现一些什么。也因为这样，我总觉得，讨论现在的中国大学生怎么了，那是一个伪问题，因为如果不去讨论我们的社会怎么了，我们这些有话语权的成年人怎么了，而只是把责任以及期待放在年轻的大学生身上，那是不负责任的。

不过在中国，真的有很多像年轻人说的那种无奈，那就只能够随波逐流吗？我想到一些人，比如韩寒，不是因为他的名气，而是他的经历和现象。他拒绝了社会和官方制定的教育体制，也没有考公务员、进外企，更没有利用他的名气办流行文化刊物，而是坚持了他的独立，用自己的特长来谋生。其实从韩寒身上我们可以看到，现在的中国，还是有一定的发展空间，可以让大家有自己的选择的。当然，韩寒的经历也同样告诉大家，真才实学对于维持独立性的重要性，而所谓的真才实学，可以是一种技能，也可以是一种专长，或者是一种学问。

我也想到了在上海的一所普通中学当老师的樊阳，他一直都坚持用一种非传统的教学方法来教育学生如何做一个好公民，他的方法就是文学。尽管从数量上来说，接受他这种方法的人并不算多，但那些上过他的课的学生，我相信，对于这样的老师，他们总有一天会心存感激。然而这并不是他坚持下去的原因，他只是坚信自己这样做的价值，对于他来说，这就是人生的一种成功。

还有很多人，比如在上海大火之后，那些在街头演出的上海城市交响乐团的年轻人，在他们做出这样的决定前，他们并不知道自己会因此而出名，而被媒体关注。他们的出发点很简单，就是要用音乐慰藉这个受伤的城市和城市中的人。因为对音乐的爱让他们走到了一起，他们觉得自己有普及交响乐的责任，因为相信，美的东西，应该和更多人分享。他们花的时间、精力在一些人看来得不偿失。在别人看来，他们像是牺牲了自己的娱乐，甚至是赚钱的机会，但是他们自己却因此而感到满足，感到人生的丰满。他们用自己的行动，向充斥着功利性的这个社会说“不”。

这些日子，北大又成为了新闻焦点，因为会商问题。我想，我们对于大学总抱有很多的期待，而所有的这些期待，更集中体现在北大这样的名校身上。但是，这样的期待，是否忽略了更大的问题：当年的北大之所以成为一个兼容自由的大学，如果没有包容这样的大学的社会环境，没有容许北大的老师们倡导这样的思想的空间，怎会有那个北大呢？一个大学，如果社会没有足够的包容，怎可能脱离社会，而真的成为一座象牙塔呢？

摘录一个在德国的北大毕业生写的文章中的一段话："什么学问也不做，就在北大校园里面熏陶的话，究竟能得到什么北大精神呢？都知道北大没有校训，最珍贵的特质就是所谓的'兼容并包'的精神，如果能在北大熏四年熏出一个这样的精神也不错。然而，现在这样的精神恐怕也要消失殆尽了吧？在我 2003 年上北大的时候，同学里面农村的学生还占一部分比例，据说现在几乎都要没有了。夸张地形容，校园生态仿佛已经被城市中产阶级的话语霸权所占领，包括现在要搞的所谓自主招生，正是这种文化歧视的一部分。在北大兼容并包的精神背后，我感到的，却是越来越多的价值单极化，舆论单调化。最近的会商制度又掀波澜，然则，既然思想偏激的学生应该是被包容的，那为何校长信箱里面要求取消其学位的校友却被大家认为一定是装逼呢？有人可以辍学去写诗，有人可以找不到工作到北京的棚户区去弹琴，有人可以做一个所有人眼中的怪人却依然得到尊敬。而不仅仅是有人可以刚一进校就去公司实习，或者可以参加五花八门的文艺汇演，更不应该是顶着北大学生的光环自以为是，甚至肆意借用北大精神来鄙视、排挤和批判自己看不惯的任何事情。这样才真正算得上兼容并包吧？"

其实大家都看到这样一个现实：现在的年轻人比我们那个时代要强，他们敢做敢当也敢闯，但是在这些特质的背后，需要培养他们的价值观，多元化的价值观。如果我们这个社会只允许某一种价值观存在，只接受某一种所谓的成功途径的话，那么理想和现实的差距，自然会打磨掉年轻人的棱角，因此社会也就不应该对现在的年轻人有所抱怨。

因为北大会商的这个话题，同样引申出“我们需要怎样的年轻人”，或者说“我们需要怎样的大学生”这样一个老话题。在这个话题的讨论中，有不少大学生加入进来，而从他们的观点中其实可以看到，有让人担忧的过分功利，不讲是非；当然也有很多的独立思考。而这样的讨论如果能够持续，如果能够有更多的年轻人加入，让他们有足够的表达空间，让他们在我们这些过来人把控的话语权里分享一些位置，那么其实这就是一个很好的开端。我最不希望看到的，就是相关的讨论在还没有讨论出一个眉目的时候，就戛然而止了。

2003 年的时候，同样也是因为推广书的关系，我走了全国各地大约 30 多所高校。那一次我从学生们的提问中学到了很多，因为太多的提问促使我自己也不断地在思考，思考我从事的这个职业，包括我自己的人生。也因为这样，就在不久前，我兴冲冲地拉着我的朋友去参加了清华的讲座，因为那一年清华的学生令人印象颇为深刻。但是这次我真的有些失望，讲座过于正式，流程过于顺利，以至于我和我的朋友在讲座之后都感叹，明白组织者的努力和用心，但是感受不到一种真诚的交流。

对于我的失望，一些清华的学生留言说，我也需要反思我自己讲座的内容，因为他们也对我不满意。我想这一定是会存在的，作为大学里面的讲座，同学们不应该抱着可以从一个名人身上倾听到感悟人生的名言警句这种心态来听。大学里面的讲座，其实在于一种平等的交流，分享别人的经验，而在决定是否花这样的时间来听讲座的时候，更需要做一个基本的功课，那就是花一点点时间去了解这个人，而不是被一个人身上的标签所吸引。我总是在想，哪怕我的交流成为大家批评的一个依据，我也觉得，这正是体现了交流的价值，因为我坚信，真诚是任何对话和交流的基础，如果没有真诚，大家只是言不由衷，或者一种趋利避害的呈现，那交流和对话就只是浪费时间。

第五篇：

我想看到的世界

“世界很大，

很多元，

多走走，

看看，

让自己变得更加包容，

也更加分得清是非，

坚守原则。”

英国“议事堂”

带我们参观英国国会大厦，也就是西敏宫的，是一名退休建筑师，不过这是直到我们结束了整个参观行程之后才知道的。

当我们又回到起点西敏厅，在描述这个西敏宫里最古老的部分的时候，他对我们讲述了自己当年是如何参与这里维修工作的经历。原来，因为地面下沉的关系，这里曾进行过提升地面的工程，而他就是主导这个项目的建筑师。现在他退休了，但时常会回来充当导游。不管是谈到建筑风格，还是王室历史，你都可以很清楚地感受到他对这里的热爱。

不过，这并不是让他最觉得自豪的地方。他让我们站在西敏厅的讲台上，眼望空旷宏伟的大厅：“现在，我想告诉大家，你们站着的这个地方，是这个国家最值得自豪的地方，因为它就是法治精神。”

想起刚经过下议院厅的时候，看到巨大的玻璃帷幕分隔了楼上的公众席，这种现代化装置和整个议事厅的风格显得格格不入。他告诉大家，那是因为曾经发生过有人从公众席向楼下扔东西抗议的事情，于是就有了现在这个改变。

“但这不就显得议员害怕选民了吗？他们不是选民们选出来的吗？

花了 60 万英镑，这些都是纳税人的钱呀！”很显然，他自己并不认同这样的改变。

查了一下资料，玻璃墙是在 2004 年装上的，是为了防止可能的生化袭击。自从 2001 年“9·11”事件之后，这个世界就完全变了。

在 2000 年联合国千年领袖大会期间，来自世界各国的首脑们在纽约华尔道夫酒店举行午宴。我和同事站在大堂，看着各国元首在我们眼前随随便便地走来走去，不少客人还停下来看热闹。等电梯的时候，一不小心就和某国领袖撞到一起。但自从全球反恐开始，政要们与公众就越来越隔离，至少在安全措施上是这么安排的。

只是，尽管装上了玻璃墙，依然无法阻挡公众的抗议。2004 年，一名英国百万富翁就通过慈善拍卖买到票，坐到了没有玻璃阻挡的 VIP 席上，成功地把一包用避孕套包着的紫色粉末投中正在发言的首相布莱尔。而就在 2004 年 11 月份，一名公众先是大叫，后向玻璃墙投掷弹珠，当时卡梅伦正在发言。

英国下议院是民选的，650 名议员代表了各自的选区。和上议院厅相比，下议院显得简朴得多，而且座位明显不够。因为当年只有 400 多名下院议员，现在只能先到先得，迟到的不仅没有座位，而且也没有了发言的机会。

不过，我们和下院议长约翰·伯科（John Bercow）聊天时，他对这样的空间安排倒显得非常满意，因为他觉得，加拿大的议会厅就太大了，空间大的结果会影响辩论的气氛。当然，他也觉得这里的大，只是和英国相比，因为如果大家去过加拿大的国会，相信很多人不会有他的这种感觉，或者只能说，实在是英国的下议院太小了。

到底是大更能体现民意代表的地位和权力，还是小更能体现民意代表的诚意和效率呢？这倒是一个非常有趣的议题。

下院议长英文名称是“Speaker”。现在才知道，本来是作为国王的代理人坐在下议院的。当然，现在完全不同了，议长的责任是确保讨论能够公平进行，让在野党和执政党的发言者有均等的机会，因此议长是从议员中选出来的，当选后必须退出自己所属的党派，以示公允。

如果说时代变迁带来了什么改变的话，那就是上下议院到处都挂满了麦克风。下议院还挂满了摄影机，只要不是闭门会议，每一场辩论都会通过电视和电台直播。

当然，要身临其境地体验英国下议院的开会、辩论场景也是很简单的。现在，即便是游客，也可以趁着开会期间，排队到公众席去旁听。在过去，公众被称为“陌生人（Stranger）”，也就是既不是国会议员，也不是工作人员而出现在议会中的人。直到2004年，国会通过动议，废除了这种称呼，改成“公众”。

在过去，“陌生人”可以随时进入西敏宫下议院外的外人角（stranger's corner），但不能进入议事厅。一旦有陌生人出现在会场，议员可以抗议，要求停止会议，而议长也必须及时休会。于是，这经常被一些议员用来打断辩论，也算是一种“拉布（Filibuster）”，即阻挠议程的方式。

即便是英国君主，在下议院也被视为“陌生人”，议长可以因此而中断会议，这体现了下议院的权力和地位。有这样一段历史一直被人们津津乐道：

1642 年，英王查理一世曾率兵到下议院厅，以叛国罪的罪名捉拿了 5 名议员。结果，下院议长讲了一段流传至今的名言：

“尊敬的国王陛下，我无眼可看也无舌可言，在此，我只是议会的奴仆。我谦卑地恳求陛下原谅，对于您的要求，我无法给您任何答案。”

查理一世的做法被后世视为对议会权力的严重损害。从此，再也没有君主涉足过下议院的议事厅。

以艺术之名捍卫自由的布拉格

早就听说过布拉格的美，站在旧城区的广场上，听着旧市政大楼的钟声，会不知不觉地发起呆来。不过，对于这个城市，更让人着迷的是曾经发生在这里的一些事情，以及这里的知识分子们。

无意中走进街边的一家店，结果发现，原来这里已经有一两百年的历史了，而这样的偶遇，在布拉格几乎随时都会发生。提起布拉格，一个朋友曾开玩笑地说，因为这里的人在多次战争的时候不抵抗，才使得这些建筑完整地保留下来。当然，除了保留建筑，还牺牲了很多无辜的生命。

要了解近代曾经发生在这里的事情，最好的方法，当然是去咖啡馆。

1920 年，在布拉格的联合咖啡馆里，以捷克作家雷格为首的一批艺术家，发起了一场叫做“山菊花”（Dev ě tsil）的同情左翼社会主义的政治运动。1921 年，捷克共产党成立，参加这场运动的大部分艺术家都加入了共产党。1939 年，布拉格民众通过斯拉维亚咖啡馆（Caf é Slavia）的玻璃，看着德国纳粹占领当时的捷克斯洛伐克。1968 年 8 月 20 日，民众又是在这里，目睹苏联的坦克开过前方的桥面。这家开业于 1881 年的咖啡馆，一直是捷克文人、学者、艺术家们最喜爱的地方。1989 年的天鹅绒革命，捷克的知识分子正是聚集在这里，商讨国家的未来。在这些人里面，就有之后担任捷克总统的剧作家哈维尔。

说到咖啡馆，还有一家叫罗浮宫咖啡馆（Café Louvre），那是作家卡夫卡最爱去的地方。

尽管对于战争和侵略，布拉格没有出现过激烈的抵抗行为，但是这里的知识分子从未放弃过对自由和权利的追求。他们并不是出于政治目的，也不是为了支持或者反对一种主义，他们只是在反映民众所期待的生活罢了。

从一开始爆发的左翼运动，到20世纪50年代发生的抵抗专制、追求人权的运动，这里面出现了很多熟悉的名字：作家米兰·昆德拉；剧作家，后来被选为捷克总统的哈维尔；诗人塞弗尔特等等。被称为无产阶级诗人的塞弗尔特，在1929年因为反对捷共的文化路线，他和另外一名艺术家万楚拉被开除出党。之后，捷克被纳粹占领，塞弗尔特和其他左翼作家一起批评侵略者。1955年，塞弗尔特再次对捷共的文化路线提出批评，认为从1945年捷共掌握政权后所诞生的文艺作品都是在说谎话，并且提出："作家该成为自己民族、自己人民以至自己本身的良心了！"

要追溯捷克知识分子的独立人格，他们对自由的追求以及对自己国土的热爱，就一定要提到斯梅塔纳这位捷克著名的音乐家。他参加了1848年对抗奥地利贵族的革命，要求实行责任内阁，争取捷克语和德语的同等地位。之后他流亡外国，用音乐创作来反抗奥匈帝国的专制统治。还有一位作曲家名叫德沃夏克，他是在斯梅塔纳之后，致力于把捷克的民族特色融入音乐创作当中的人。

每年的 5 月 11 日到 6 月 3 日是一年一度的“布拉格之春音乐节”，我看到门口派发的传单，其中一场正是斯梅塔纳的《我的祖国》和德沃夏克的《新世界》，这些都是我从小就喜爱的作品。可惜这次没有机会在斯梅塔纳音乐厅聆听捷克交响乐团的演奏了，遗憾之余，只能一边在网上欣赏，一边敲下这些零散的文字。

告别克罗地亚

从莫斯科到萨格勒布，觉得反差很大，前者是庞大壮观但很冷感的城市，后者则是悠闲且阳光温暖的欧洲小城。我在萨格勒布的老城区漫无目的地行走，不断撞见一个个小喜悦：破旧的窗台上，整齐艳丽的鲜花垂在老旧黯淡的墙身上；骑着自行车的年轻人，带着一股浓烈的朝气从你身边掠过；有轨电车从眼前经过，司机向站在路边的我们投来善意的微笑。很难想象，就在14年前，一场持续了5年的战争在这个地方刚刚结束。

这是2009年的夏天，克罗地亚正在进行加入欧盟的谈判，因为斯洛文尼亚的反对，他们遇到了些麻烦。这两个国家都是前南斯拉夫的成员，在1991年才各自宣布独立，1992年两国建交。不过这两个毗邻的国家，在海上划界以及位于亚得里亚海最北端的皮兰湾的归属问题上存在纠纷。有意思的是，2004年在克罗地亚加入欧盟的问题上，斯洛文尼亚非常积极地支持，并没有行使自己作为欧盟成员的投票否决权。理由是，他们觉得这有利于解决边界问题。而现在，同样的原因，理由却变成了相反的。

曾经算是在同一屋檐下的兄弟，分了家，为了争夺家产，不但不帮忙，反而设置障碍，为自己寻找筹码。现在，两国陷入僵局，克罗地亚在边界问题上表示不会让步，而一些克罗地亚民众则开始抵制斯洛文尼亚产品，这让斯洛文尼亚的一些商人开始担心贸易会受到影响，毕竟，斯洛文尼亚是克罗地亚的第三大贸易伙伴。

虽然之前并没有斯洛文尼亚从中作梗，但是克罗地亚在2005年的入盟谈判一度被推迟，原因是欧盟认为，克罗地亚包庇戈托维纳将军。这名将军被海牙国际法庭指控于1995年对克罗地亚的塞族人犯下了反人类罪。他在克罗地亚塞族聚居区指挥了“风暴行动”，并在行动中屠杀了至少150名塞族人。而这场“风暴行动”则被克罗地亚人视为“和平的使者”。从1991年到1995年，将军因宣布独立而和塞族人产生冲突，这也是这场风暴行动得以终结的原因。最终，将军以最少的人员损失，解决了克罗地亚国内的塞尔维亚人问题。

在海牙国际法庭的通缉名单上，戈托维纳以反人类罪名列第三位，悬赏金额高达500万美元。欧盟认为，抓捕不到他，是因为克罗地亚政府没有诚意和国际法庭合作。2005年12月，也就是欧盟终于和克罗地亚开始谈判之后的两个月，这名将军落网了。在法庭上，他不承认指控罪名，而他的被捕，也在克罗地亚的一些地区引发了骚乱，因为这位国际法庭的通缉犯，仍然是很大一部分克罗地亚人心目中的英雄。他们指责政府为了加入欧盟而出卖了一个民族英雄。

说到战犯，马上又令人想到了米洛舍维奇。他被引渡到海牙国际法庭时，有很多传言，认为是塞尔维亚政府为了讨好西方以及获得美国的财政援助才这么做。这些传言并没有确切的消息来源。不过有一点可以确定，米洛舍维奇在中国也有不少的支持者，他们认为，老米用强硬的手段维护了国家的统一，因为主权高于人权。

米洛舍维奇的问题在于，他的大塞尔维亚主义令他漠视了其他民族的尊严和需求。而在第二次世界大战的时候，克罗地亚民族主义运动者乌斯塔莎，则把克罗地亚人的利益放在了所有其他民族利益之上。两者采取的方法是一样的，就是种族清洗，所不同的只是时代和规模罢了，但是撇开受难人数，本质是没有区别的。

萨格勒布有一座拥有 900 多年历史的教堂，那是匈牙利国王命人修建的，两座哥特式的尖顶则是 20 世纪初新建的。这个城市里面的建筑，讲述着这个地方不同时代、不同王朝、不同统治者、不同国家的名字。唯一不变的，是这个民族的人们因为语言、文化甚至价值取向而获得的身份认同。

看电视新闻，西班牙发生炸弹爆炸，一名西班牙国家警队的巡警殉职，地点是在巴斯克地区。当局谴责武装分离组织埃塔发动了这次袭击，不过目前还没有组织站出来承认此事。埃塔被西班牙政府定义为恐怖组织，但在埃塔的眼中，西班牙政府实行国家民族主义，不可信，而且不民主。谁是谁非，则要看民众站在怎样的立场上。而民众又会因为立场不同产生分裂，甚至是对峙。在 20 世纪 90 年代的克罗地亚战争中就发生过这样的事情，邻居之间因为分别为克罗地亚人和塞尔维亚人，平日的交情一扫而空，变成了你死我活的敌人，甚至还大打出手。

前南斯拉夫地区的冲突还没有彻底平息，科索沃又宣布独立，但是塞尔维亚表示，他们不会放弃主权。不过和以往相比，不同或者说进步的地方在于，塞尔维亚这次保证不使用武力手段解决问题。

如果不是要到克罗地亚进行采访，我对于巴尔干半岛的局势从来没有太多关心，科索沃似乎也是很遥远的事情了。反而是铁托的名字，因为从小接受的教育，让人记忆犹新。当地的司机听说我知道铁托，很高兴地告诉我，铁托是克罗地亚人。不过据说也有争议，因为铁托出生的那个地方和斯洛文尼亚接壤。因名人的出生地而产生的争议很多，让我想起了卡夫卡。这个捷克作家，却被奥地利认定为是他们的作家，因为他出生的时候，他的出生地是在奥匈帝国统治下。同样，铁托出生的时候，也是奥匈帝国的统治时期。

说到克罗地亚的华人，官方数字为600多人。克罗地亚总统梅西齐对华人相当友善，2009年新年还和华人一起过年，在机场迎送当时的总书记胡锦涛。看得出来，在场迎送的华人见到他都很高兴。中克两国于2009年签署了航空协议，如今已经有了直飞航班往返于两国之间。这次没有时间去距离萨格勒布两个小时车程的地中海边看看，在英航的杂志上看过那里的照片，知道那里是英国人购房和度假的热门选择地。来到这里又知道，原来意大利人和德国人也很喜欢这里。到了夏天，那些缺乏阳光的北欧人就喜欢来这里晒太阳。

一个小镇，一个小村

在以色列南部，靠近海法不远的地方，有一个叫阿卡的小镇。之前，因为要去那里旅行我做过资料搜集，《孤单星球》(Lonely Planet)上介绍说，那是一个错过会很可惜的地方，富有阿拉伯风情，尤其是夜晚穿行在古城里面的时候，有一股别样的异域风味。

最值得去的就是保留至今的古城。根据文献记载，这个小镇已经有5000 多年的历史，从腓尼基时代就一直有人居住此地。小镇里有 1000 多年前十字军东征时建造的城墙和城堡。当然，这里也是土耳其奥斯曼帝国的重要要塞。古城里还有一个建于奥斯曼时期的土耳其浴室，从这些你可以体会到当时贵族生活的奢华。

这次采访，我特地来到阿卡。因为古城里居住的基本都是阿拉伯裔以色列人。每当以色列和巴勒斯坦关系紧张的时候，总会引发这些以色列境内的阿拉伯城镇发动示威，甚至激化成和警方的冲突。所有平时积累的不满，总是会通过一次次的事件爆发出来。最近的一次，一名住在东耶路撒冷的巴勒斯坦少年被害。在阿卡古城里，我看到了这名少年的照片。

在以色列，阿拉伯人占了总人口的五分之一。在外界看来，这些拿着以色列护照的公民，对于这个国家，他们的心情是矛盾的。

身为中东论坛会长，同时也是斯坦福大学胡佛学院访问学者的丹尼尔·派普（Daniel Pipes），于2012年在《华盛顿邮报》上发表过一篇文章。他走访了以色列境内的多个阿拉伯城镇，从特拉维夫边上的雅法、海法到阿卡，和这些阿拉伯裔以色列人聊天。他发现："他们憎恶犹太教义作为这个国家的特权宗教、回归的法律仅仅允许犹太人随意迁徙、希伯来语作为最基本的语言、国旗上的大卫之星、赞美诗中提及的'犹太灵魂'；另一方面，他们欣赏国家成功的经济、公共健康的标准、法律的原则和民主政治的运行。"

以色列前总统佩雷斯在2007年就职仪式上曾说过这样一句话："只有当非犹太裔公民享受到完全的平等，以色列才能实现和平。"而他的继任者，现任总统里夫林在宣誓就职后的讲话中，强调建立一个具有平等公民权的以色列国的必要性。他说："无论世俗百姓还是宗教人士，无论阿拉伯人还是犹太人，无论富人还是穷人，都应当享有同样的公民权利……阿拉伯人民并不是以色列的敌人，恐怖主义才是对世界和平的巨大威胁。"

只是在很多阿拉伯裔以色列人，甚至是以色列之外的阿拉伯人看来，这都只是政治人物的口头支票而已。尽管以色列的周边被阿拉伯国家包围，但是这些阿拉伯裔的公民毕竟属于以色列的少数族裔，虽然他们当中也出现了许多社会精英，但是从比例上来说少得可怜，不少人觉得自己是以色列的二等公民。而在其他国家的阿拉伯人看来，这些同胞兄弟其实就是二等公民。但是，尽管感觉自己受到了歧视，这些人也并不想离开，因为和其他阿拉伯国家的国民相比，他们所获得的公民权远远要优越得多，也没有面临一些其他国家的同伴所面临的毁灭性灾难。而且和周边国家的同伴相比，这些人的权利意识以及对稳定生活的追求意愿要强烈得多，而这也正是因为他们生活在以色列这个民主国家当中。

正如派普的文章标题《这些阿拉伯裔以色列人，生活在自相矛盾当中》一样，在以色列的南部，靠近耶路撒冷几十公里的地方，有一个叫“和平绿洲”的村庄。当地的同行告诉我，这是以色列的一个样板，因为在这个村子里面，不同宗教、种族的人混居在一起。

村子很小，只有几十户人家，房子都很漂亮，和其他的城镇完全不一样，你可以清晰地从房子的外观分出哪家是犹太人，哪家是阿拉伯人。更准确地说，这里和其他地方不同，在以色列的其他地方，即便是一个小镇，不同的宗教种族也会形成自己的一个个相对封闭的小社区，但这里不会。

村口的餐厅是一对巴勒斯坦夫妻经营的，提供巴勒斯坦茶点和小吃。院子里面放着一个三角形的柱子，上面有阿拉伯文、希伯来文，还有日文，大致可以看懂是宣扬和平和爱的意思。老板娘看我好奇，给了我一本书，原来这是一个日本的佛教团体给她的。也许是因为被人问多了，我还没有开口，老板娘就解释：“宗教应该是相互包容和理解的，我从这本书里面学到了很多。”

这是一本从佛教的角度，讲述如何营造幸福生活的英文书。教主是一名中年日本女子，我扫了一眼介绍，这个团体的总部设在美国。

说到包容，在阿卡的海边有一家餐厅，老板是个犹太人，是以色列的著名厨师。他推荐的招牌食物，不管是口感还是用料，都包含了泰餐、日餐和中餐的元素。老板听到我的感受很开心，觉得遇到了知己。他说他走了很多地方，对他来说，把不同国家和地区的美食融合到自己本地的食物中，然后和大家分享，是一件快乐的事情。

伊拉克的贪污

2013年，伊拉克战争10年之后，我和我的同事们再次来到了巴格达。有趣的是，10年前的巴格达，我们在政府指派的翻译陪同下，听到的都是民众支持政府的声音；而现在你在巴格达，随便找一个民众聊天，说起当地政府官员，他们都只会付之一笑，然后给出一个评语：腐败。

我有亲身体验，我们一行人来的时候，装着传送和拍摄器材的行李被海关扣留了。其实我们早有准备，提前就在伊拉克驻中国大使馆拿到了一封公函。我还记得去拿签证的时候，工作人员再三提醒，一定要出示信件。当然，他们没想到，这封公函在他们的海关人员面前是毫无用处的。对方开出条件，要么东西留在海关，要么交100美元。如果是私人物品，我一定会选择前者，但因为担心影响工作，于是毫不犹豫地选择了妥协，权当罚款。

采访到一家韩国企业，好奇地请教负责人，作为外来商家，要在这里做这样大的一个项目，如何和这么腐败的政府以及官员打交道呢？

负责人说，他选择不妥协。一来，妥协违反了公司伦理守则；其次，他很清楚，只要使用了对方的游戏规则，接下来就是无穷无尽的麻烦。虽然不妥协的代价是会增加时间成本，最极端的一次，他们的货品在海关被扣留了两个月，但是他很有耐心，他要让对方明白自己做事情的原则。

“其实，慢慢会有所改变的。”他显得很乐观地说，“因为韩国也是这样过来的，过去我们也很腐败。”

他给我举了一个当地人告诉他的例子：之前，伊拉克人申请护照，因为是逐个经人手处理，所以需要塞100美金，不然你就要等很久。但是现在变成了电脑输入，民众再也不需要被迫行贿了。

“所以说，设计一个制度，把中间的漏洞都填补起来，让人无机可乘，这才是最重要的。”他觉得现在他遇到的问题，就是不同政府部门之间信息不连通造成的，比如没有电脑系统，部门之间依靠传真来联系，于是有人就有了滥用私权的机会。其实解决方法很简单，只要政府所有部门电脑联网，情况就会得到改善。只是，这算不算太乐观了呢？我想起在中国，交通违规扣分都会进入电脑，只是很可惜，尽管困难了很多，但还是有人有办法，声称可以消除扣分记录，只是价码更高而已，因为要打点的不是一个人，而是一群人。

但是制度设计确实重要，要分清不同部门之间的权力，让公众清楚，这个部门可以管什么，怎样管。比如如果海关要扣留物品，就要出示白纸黑字的详细条款，虽然无法杜绝行贿受贿，但至少可以抑制勒索。因为公众只要没有违反条例，凭什么要付钱给对方呢？

用这位负责人的话来说，在他看来，其实伊拉克人是不懂如何去做，所以才没有规矩，而作为外来者，则有责任坚持遵守自己的规则，慢慢去改变对方，而不是让自己被对方所同化。比如很多官员喜欢拖延，没有时间概念，他就会给对方设下一个最后期限，让对方慢慢接受这个规矩：有些事情是有限期的，一定要在期限内给一个答复。

其实事实早就证明，有规矩的地方，付出的成本总体来说要比没有规矩的地方少得多。更重要的是，规矩能够减少不确定性，有助于对未来做出准确的预判。

我采访了一名伊拉克官员，他显得很焦虑，因为他很清楚伊拉克当下存在的腐败问题的严重性。在他看来，原因就在于伊拉克自身没有规范的大型企业，总是期待海外有经验的大公司能够把成熟有效的规则带进伊拉克。

只是，上层的反腐败决心到底有多大？连那位负责人也只能叹口气道："现在的问题是，贪腐已经成为被认可的行为了。"

莱比锡，一座容纳梦想的城市

莱比锡的旧商品交易所（Alte Handelsboerse）建于1678年，是一座有着浓郁巴洛克风格的建筑，可惜在二战时就被烧毁了。我们现在看到的，是它战后修复后的模样。不过，从这里已经可以感受到莱比锡曾经的辉煌和繁华——世界最早的博览会，最早的书展。2015年，莱比锡迎来了自己建城一千周年的庆典。

交易所正门前竖立着歌德的塑像，显然，他是莱比锡的骄傲。不过歌德在莱比锡待的时间并不长：在莱比锡大学求学三年，最后因身体原因离开。不过，他的代表作《浮士德》中的一个地方是真实存在的，那就是莱比锡的奥尔巴赫酒馆（Auerbachs Keller）。这是歌德读书时经常和朋友聚会的地方，酒吧里的浮士德壁画给了他无尽的灵感。这家酒吧比歌德还要老100多岁，现在已经成为众多文学爱好者的旅游朝圣地。

歌德塑像下的花坛里，静静地躺着一本蓝色封面的书，硬皮封面上堆了一些泥土，一支白色的野花安静地在上面开放。不知是谁把它们留在了这里，但显然，这是再合适不过的纪念方式。总有一天，他的文字会融入泥土，正如他的文字已经融入很多人的脑海一样。

朋友说，莱比锡是全世界文艺青年都向往的地方。他还告诉了我一段关于古典音乐的典故：浪漫主义的战争（The war of Romance）。

19世纪中期，在德国和欧洲中部，音乐家分成两派：一派是保守派，中心人物包括门德尔松、克拉拉·舒曼和勃拉姆斯，他们强调音乐的形式美，充满浪漫主义色彩；另外一派是革新派，强调音乐的内容，代表人物是李斯特和瓦格纳。两派都把贝多芬奉为偶像，区别在于，保守派认为，贝多芬是无法超越的典范；而革新派认为，贝多芬创造了音乐进程的新起点。

保守派被称为“莱比锡乐派”，因为它由在莱比锡布商管弦乐团担任指挥的门德尔松创建。门德尔松还创建了莱比锡音乐学院。在巴赫死后，他让世人重新看到过人的才华。说到巴赫，他人生中最后的27年也是在莱比锡度过的。克拉拉在莱比锡出生、长大，人称“钢琴神童”，12岁就在布商大厦演出。她从小就跟随父亲维克学习钢琴，而彼时在莱比锡大学学法律的舒曼，就是在跟维克学琴时，和克拉拉结下了深厚的友情。

革新派被称为“魏玛乐派”，因为出生于匈牙利的李斯特曾担任魏玛大公宫廷乐长。他的跟随者瓦格纳出生在莱比锡，因为在布商大厦剧院听到贝多芬的第九交响乐而爱上音乐，之后在莱比锡大学学作曲。

不知道这场争论当时的结果如何，而我已经没有足够的时间去拜访他们生活过的地方。这些音乐家按照自己的坚持，创作出了不同风格的作品并流传后世，也点缀了我的学生时代。

说到音乐，有超过500名作曲家曾在莱比锡生活，直至终老。一个城市，能留住如此之多的音乐人，一所大学，能培养出如此之多在文学、艺术等方面影响世界的学生，这都是因为这个城市里充满着自由的气息。

莱比锡也曾沉寂过——从希特勒时代到东德时期。统一之后，莱比锡也没有像其他东德城市那样快速发展。不过这两年，随着大批年轻艺术家和创业者的到来，这座城市开始迅速发展起来，这还要归功于这里的租金比柏林和慕尼黑都便宜很多。艺术家进入了废弃的厂房，白天创作，晚上就走街串巷，他们让这个落寞的城市，重新变得热闹，充满活力。

走在莱比锡街头，你随处都可以感受到这种气息：不管是街头表演的年轻人，还是墙上的涂鸦……《纽约时报》曾把莱比锡称为“新柏林”，觉得当地很像1990年的柏林，艺术氛围浓厚。

毕业于莱比锡德国文学学院的德国作家尤丽·策（Juli Zeh），在她的作品中曾这样描绘来到莱比锡的艺术家们：

“假设一个位于德国内陆的中型城市没有壮丽山川，也没有森林、海岸，在国会没有席次，既没有糜烂的夜生活，也没有疗愈养生的温泉，那该怎么办？自然而然，当地人开始为梦想而活。”

现在的柏林和1990年确实大不相同。2007年，当时的柏林市市长克劳斯·沃韦赖特表示，要掀起一场“城市改革”运动，通过大规模投资，使柏林重新成为一个国际化的大都市；对外要和巴黎、伦敦相媲美，对内要超过慕尼黑和汉堡，尽快改变柏林“贫穷而性感”的城市形象。

改革的结果是，除了吸引了投资，也使得城市的生活成本上升了。对于那些想要为梦想而活的人们来说，生活压力是实实在在的，所幸还有能够容纳梦想的地方。一份今年的全球城市生活成本排名显示，柏林在全球排名 68 位，莱比锡排名 141 位。

不过，对于“新柏林”这样的标签，柏林人很不以为然，而莱比锡人也不太愿意自己和柏林有什么牵连。遇到一位在莱比锡出生长大的女士，聊起那篇排名，她耸耸肩道：“莱比锡就是莱比锡。”

时势造英雄

2013 年 8 月 28 日是美国民权领袖马丁・路德・金发表著名演讲《我有一个梦想》（I have a dream）五十周年纪念日。作为美国历史上第一任非白人总统，奥巴马出席了纪念仪式，并发表讲话，同台的还有前总统克林顿和吉米・卡特。

说到美国从 20 世纪 50 年代开始的民权运动，除了马丁・路德・金，另外一个不得不提到的名字，就是萝丝・帕克斯（Rosa Parks），她是一名黑人妇女。1955 年 12 月 1 日，在公共汽车上，她拒绝把自己的座位让给白人乘客，结果被捕。在她被捕后的第二天，爆发了一系列的示威以及抵制巴士行动，美国的民权运动就此正式拉开序幕。而她，也因此被称为“民权运动之母”。

其实在她之前，还有一位美国黑人女性因为拒绝让座而被拘捕。这位女性叫做克劳德特・科尔文（Claudette Colvin），她和萝丝・帕克斯居住在同一座城市。1955 年 3 月 2 日，当时只有 15 岁的她正和同学一起放学回家，司机要求她和其他黑人给白人让位，其他人都服从了，但是年轻的她却一直看着窗外，假装听不到司机的话。事后她说，当时她的脑中想到的是刚刚在课堂上学到的黑人奴隶史，于是下定决心，绝不让座，因为过去，她让得太多了。

结果，她被警察带上手铐拘捕。其实在这个时候，当地的很多黑人社区领袖已经考虑了很多年，企图通过公民抗命的案例，来挑战现存的法律，准备上诉到最高法院，以起诉地方政府的巴士隔离措施违宪。

但是，在科尔文被拘捕之后，这些黑人领袖又犹豫了，因为他们担心，如果把这个女孩子作为民权运动的象征，一来她年纪太小，二来她的肤色太黑，加上她的家庭居住在最为贫苦的社区，这往往会让外界产生一种偏见，觉得这些地方长大的孩子本身就缺乏教养。尽管科尔文自己否认，但据警方表示，在拘捕她的过程中，她用粗口辱骂过警察。而最致命的是，还在读中学的她未婚先孕，而且对方还是一名有妇之夫。所有这些，都让那些主要由中产阶级组成的黑人领袖决定，再等适当的人选出现。9个月之后的萝丝·帕克斯，在同一条巴士系统上，做了和科尔文同样的事情。她称得上是一个完美的人选，她的皮肤和头发的颜色，教育背景以及职业，都是典型的中产阶级，从策略上来说，选她更具有说服力。

科尔文的故事最近这些年才开始被外界所知晓，历史学家以及媒体们开始关注这个在民权运动历史中不该被忘记的人，这其中的原因除了她是真正意义上的第一个拒绝让位而被捕的黑人，而且她还在法庭上挑战了当时的隔离法例。不过，过去这些年，科尔文还有她的家人很少和外人谈起这段历史。有意思的是，帕克斯和科尔文还相识，年长一些的帕克斯经常鼓励还在读中学的科尔文要做一个勇敢的人。科尔文被捕之后，帕克斯还为她提供了很多帮助。现在回想起来，之后帕克斯的举动，是不是反过来也是受到这名年轻女孩所表现出的勇气的鼓舞呢？

历史就是这样，第一个采取行动的人，未必名留青史。但是历史也告诉我们，所有的改变，并不是依靠某一个人的某一个举动，改变需要众人持续和共同的付出。先行者点燃了一丝火苗，或许零星的闪烁之后就熄灭了，但是只要后来者不放弃，当人数足够多的时候，总会有力量推动社会的进步和改变。

美国打黑英雄的结局

如果不是看了伊斯特伍德导演的最新电影作品《胡佛》，我还真不知道，原来美国的“红色恐慌”分成两个阶段：第一阶段是从 1917 年俄国十月革命爆发之后，到 1920 年欧洲无政府主义人士进入美国，从芝加哥到华盛顿，从罢工到爆炸暗杀，发生了各种激烈的革命行动。1919 年，有一张典型的美国政府制作的宣传海报：留着大胡子的欧洲无政府主义者企图炸毁美国的自由女神像，以此来警告民众共产主义的危险性。

胡佛就是一个对共产主义极端仇视的人。那个时候，他刚刚走出大学校门，因为打击敌对势力有功，胡佛在 24 岁就成了美国联邦调查局（FBI）前身、司法部属下的调查局的局长，这个位子他一坐就是 48 年。

因为这种敌视，当二十世纪四五十年代，美国出现第二波红色恐慌的时候，胡佛又采取了和 20 世纪 20 年代类似的秘密措施——窃听、列黑名单、渗透以及散布谣言等。不过这个时候的美国再也不是 20 世纪 20 年代的美国，最高法院限制司法部起诉不同政见者，尤其是共产主义者。他的强硬，非但没有像前一次那样为他带来声誉和前途，反而引发了争议。虽然他主导的这些秘密措施直到 1971 年才被公开，但当时的外界，从媒体到政界，都已经开始质疑 FBI 的行动是否涉及违法。

不过胡佛在美国民众心目中的形象一直不错。如果有机会去华盛顿，一定要去新闻博物馆参观，里面有一个房间，展示了 FBI 办过的不少大案，而所有这些案件，几乎都和胡佛这个局长有关。从白宫走到新闻博物馆的路上，会经过 FBI 总部大楼，这座大楼就是用这位老局长的名字命名的。在胡佛时代，负责刑事案件报道的记者的日子非常好过，只要待在华盛顿，等着 FBI 的公关部发布消息给他们，再安排采访行动的场面，就可以写出一篇篇吸引眼球的新闻了。当然，现在回头来看，这些记者在职业操守上存在问题——他们充当了 FBI 的传声筒。

口碑好，是因为民众觉得他的强势令美国的治安变好了。在这一点上，胡佛确实专业水准很高。他建立了全国性的指纹档案，设立了罪案证据鉴定部门，对于 FBI 探员的选择，要求也相当严格。而最重要的是，他还扩大了调查局的执法权力。调查局之所以在 1935 年更名为联邦调查局，就是因为当年他组织追捕和枪杀那些著名的跨州抢劫犯行动的成功，由此赢得了公众的支持。而且，他在那个时候对于公关宣传非常敏锐。很快，民众便把 FBI 探员视为英雄，而在此之前，抢劫银行的罪犯，还被不少民众当成劫富济贫的英雄，就连好莱坞都把这些大盗拍摄成反建制的正面人物。

胡佛任内经历了八位美国总统，这些总统有的仰赖他，更多的则是不敢得罪他。美国作家理查德 · 海科花了多年时间进行资料搜集，采访了多名和胡佛共事和相识过的人，最后写了一本胡佛传记。他在这本著作中这样分析：“因为没有一位总统知道胡佛究竟知道些什么，而这对总统来说就是最大的恐吓。”

尼克松算是运气好的，因为就在他要强迫胡佛主动退休的时候，胡佛因为心血管疾病死在家中的卧室，那时他 77 岁。胡佛死后，尼克松派人查封了 FBI，并没有找到任何“秘密档案”。胡佛从一上任，就开始搜集美国政府高层的丑闻，并且建立了所谓的“秘密档案”，不过他从来没有就此档案透露过任何消息。但是他会让相关人士都知道：他知道很多事情。也因为这样，大家一度以为这些档案其实并不存在，直到 1974 年，档案被人发现，并且被封存。

由于总统们对他的忌惮，这让胡佛行事相当专横独断，而且性情反复无常，到后来甚至变本加厉。他不信任周围的人，只要手下有人让他觉得受到威胁，或者是看不顺眼，就会立即被调去执行那些棘手的案件，甚至被赶出 FBI。

没有人知道，胡佛这样做到底是出于一种自我满足的权力欲望，为的是要让自己留在这个几乎是一人之下、万人之上的位置上，还是因为他自己一直表露的那种忧国忧民的心情。在他看来，社会世风日下，好人们袖手旁观，于是罪恶开始蔓延，这个时候，国家需要他。为了国家安全，他必须采取一些违法手段，甚至是牺牲小部分人的权益。从上任到他死去，对于这一点，他始终坚信不疑。

为了这个位置，胡佛牺牲了自己的私生活，一生未娶。而这是不是也证明了他是一个同性恋？这点直到现在，说法和争论都很多。

历史就是这样，一个不管曾经多么叱咤风云的人物，当他死后，他总是要为自己曾经做过的事情付出代价。因为有很多事情没有人知道真相，于是只能供后人根据自己的偏好进行猜测和解读。

不过胡佛又算是幸运的，正如尼克松在胡佛死后当天，在自己的私人日记中写的："他在一个适当的时候死了：幸运的是，他是在位的时候死的，如果他在之前被迫下台，抑或主动辞职，他都很可能死于他杀。"

新加坡归来有感

最近几年，每次去新加坡，都会有一种粗略的印象：这个城市变得拥挤了，出租车依然很难打，大排档的价格越来越贵。

不过这次，因为是探亲访友，住在组屋里面，终于有机会近距离地感受一下当地人的生活。每天早上，到屋村楼下的大排档吃一份早餐，算下来也就是十块人民币。朋友端着咖啡告诉我，15 年前，一杯咖啡大约 2.5 元人民币，而现在，则是 3.5 元。这让我相当羡慕，想想香港的那些屋村里面的茶餐厅，一杯奶茶，15 年下来，价格早已经翻了一番。北京、上海自不待言，一年不去，茶餐厅的一种早餐，不但价格上涨了至少两成，分量还少了不少。当然，北京、上海的茶餐厅本来就不是老百姓吃早餐的地方。朋友也提醒我，乌节路的大排档同样不是做新加坡人生意的地方，想想那些地方的租金，价格不涨才怪呢！

走在组屋的街市里面，感觉和香港的公屋屋村很接近。每个屋苑都会有一个商业区，周边有学校，不过新加坡的要显得干净整洁一些，而商业区里面大排档的规模，则要庞大得多。新加坡的人口构成也决定了这些大排档食物的多元化。朋友说，单是中国食品，也是从原来的福建、广东风味，慢慢有了四川风味，现在更是增加了不少其他地方的特色美食，因为来自中国的移民越来越多。

组屋相当于中国的经济适用房，也类似于香港的居屋。香港有四成人口居住在公共房屋里面，而新加坡有八成多人口居住在组屋。只是，和香港居屋大部分是政府出租不同，组屋只有 6% 是出租的。

朋友住的一套 140 平方米的组屋，是在 3 年前花了 200 万人民币买下的，不过他说，现在他的房子已经涨到了差不多 330 万，这也是过去一年不少新加坡人对政府感到不满的原因之一——房价涨得太快。也因为这样，新加坡政府开始改变做法。之前，组屋的面积基本在 100 平方米左右，现在，政府开始兴建小面积房屋，提供给低收入人群，并采取措施抑制私人楼房价格。

在不少外人看来，新加坡是个相当和谐的地方，人们应该很满足现有的生活。不过根据美国 CIA 世界概况（CIA World Fact book）的数据显示，新加坡 2009 年的基尼指数是 48.2。事实上，从 2005 年开始，李显龙就表示，政府会致力于缩小贫富差距。但是到了 2010 年，在发达国家间，新加坡的贫富差距依然排名第二，仅次于香港。收入最低的 20% 的新加坡人，他们的平均收入下降了 2.7%，尽管由于强劲的经济增长，新加坡平均月薪在过去 10 年里增长了 40%。

这样的状况，对于还没有买房买车的年轻人来说，感触特别深，因为门槛提高了。也正因为如此，他们不同于他们的父辈或者祖父母辈。对于这些过来人，政府过去提供的一切，他们心存感激，因为能够居者有其屋，还有公共福利以及公共服务；但是年轻人所看到的，却是他们的诉求遭到了政府的漠视，而执政的人民行动党的长期强势，在这些年轻人看来，更是“不正常”。

其实不单单是年轻人，越来越多的新加坡人都有了求变的心态，因为他们开始意识到，经济数据不是评价一个政党的唯一标准。正如一个新加坡网民所说：“我希望人民行动党不要忘了，我们是人，我们不是经济数据，希望各位要记住这一点。”

在地震海啸之后感受日本

2011 年 3 月，日本遭遇强烈地震引发海啸，导致福岛第一核电站放射性物质外泄。接到公司通知要去日本的时候，我正在北京报道两会。我立即从北京回到香港，准备好全套户外装备，和摄影师、工程人员坐上了飞往东京的通宵航班。

对我来说，日本不算陌生，因为工作和旅行的关系，曾走过日本许多地方，也知道如果只是地震，对日本的影响不会太大，因为日本是一个有充分经验和准备应对地震的国家。这一点，从地震发生之后东京民众的平静有序状态中就可以看得出来。

但是海啸就完全不同了。2004 年年底的时候，我去采访印尼海啸。在印尼的亚齐，展现在我眼前的是一面平地，因为这个城市的一半已经被海浪卷走了。那一次海啸，死亡人数超过了 16 万。正因为这样，当看着海浪扑向陆地的时候，我已经对可能产生的死亡人数有了心理准备。面对大自然的威力，人的力量很多时候是无法与之对抗的。

我们从东京的羽田机场飞往山形，再从山形坐车前往仙台。原本打算在仙台机场租车自驾，想着万一在仙台找不到车，还可以自己开车在周围采访。我还有一个打算：有车就可以装上足够的水和干粮，万一找不到住的地方，至少还可以在车里面过夜，就好像2008年采访汶川地震时那样，差不多一个星期，我们都是在车里面过的夜。

遗憾的是，山形机场的车都已经租完了。到了仙台我们才知道，因为汽油紧张，所有的租车公司都不再提供租车服务。而我们算是运气很好的，居然找到了一辆愿意去仙台的出租车。在整个市区的酒店都没有空房的情况下，一个住在临时避难中心的中国留学生，把她的家暂借给了我们。

仙台的夜晚特别安静，因为很多地区还没有恢复水、煤气和电力的供应，这也是酒店紧张的原因。仙台站周边有十多家酒店，但是只有一两家还开门做生意，我看到有好几个外国同行干脆就睡在酒店的大堂里面。对于住在避难中心的民众来说，没有电和燃油，最直接的困难就是没有办法取暖。仙台到了晚上只有零度，踩在房间里面的榻榻米上都会感觉到刺骨的寒冷，更不用说在学校、体育馆栖身的那些灾民了。他们只能睡在地上，每人只有一张铺在地上的垫子和一条毛毯。

走了一圈，所有24小时便利店都关门了，显然已经没有足够的商品供应。街边的售卖机品种已经不齐全，特别是水，差不多都卖完了，幸好还有热饮料补给。因为物资供应不足，仙台的民众需要一大早就起来去排队购买生活必需品。一家卖小型石油汽炉的商店，早上四点半就已经有民众在门口排队。为了让更多人买到，店主又规定每个人只能限购三罐。同样在米店门口、蔬菜店门口都有长长短短的队伍。排着队的人们都非常安静，有的看书，有的则自己带个小凳子坐着。

队伍最长的当然是超市门口。距离开门还有一个小时，队伍就已经拐了三个街角还看不到队尾。超市的工作人员把货物从商店里推出来，在门口摆起了摊档，货品上面标着价钱以及每个人限购的数量，比如方便面，每人只能购买一包。看了看价格，四个橙子或者四个苹果 100 日元，一袋包装好的蔬菜 100 日元，5 公斤米 1800 日元，一瓶矿泉水 100 日元。东西不但没有涨价，甚至比我记忆中的价格还便宜了一些。超市员工还用手推车推出一车的糖果巧克力，一边免费分发给正在排队的顾客，一边不断地表示：请大家原谅，让大家久等了。

因为人多，超市提前营业，排在最前面的顾客有序地拿着购物篮在选购商品。其实也有一些商品并不限购，但即便是这样，这些顾客也并不贪心，每个人都是拿着很少的货物去柜台结帐，显然是为了让更多排在后面的人可以买到东西。

下雨了，接到让我们借宿的中国留学生的电话，提醒我们待在室内，不要开空调，因为换气扇可能会让屋外的空气进来。因为核泄漏的关系，很多人担心当地的空气遭到污染。也因为这样，仙台的中国学生走了很多，有的不惜重金，租车到东京，准备回国；有的则到附近的山形暂避。不过因为走得匆忙，有的人没跟房东、学校打招呼，这让留下来的中国学生十分担心，等他们再回来的时候，该如何向对方交待，毕竟日本是一个很讲究诚信的地方，一旦失去了对一个人的信任，即便这个人再能干，也很难再次获得机会了。

留下来的这几个中国学生也有他们自己的理由，他们觉得：一来，根据他们的判断，情况并不是外界所传说的那样危险；二来，那么多人想尽办法要进来帮助灾民，而他们既然就在当地，为何不能为社区做点事情呢？正因如此，他们和其他一些留下来的日本、韩国学生一起，先从帮助留学生开始，安抚他们，帮助他们订机票、找车离开；当学生都走得差不多之后，他们又去帮助那些独居的老人，因为这些老人没有能力转移到避难中心。他们上门探访，让那些孤独的老人从这些年轻的面孔上感受到一些快乐和朝气。

坐在这些年轻人中间，听他们讲述自己的家人是如何担心自己，他们每天又要花多少精力向家人解释；总是有朋友、亲人打电话来，告诉自己听到了这样那样的消息，甚至有很多内幕消息；地震发生之后的头几天，因为没有电，他们并不知道外面是如何报道这场灾情的，能够上网之后，他们终于明白了家人为何如此担心，因为很多报道和消息实在是耸人听闻，甚至有传说半个仙台被淹没了的。于是他们干脆要求家人不要看电视、报纸，当然，对这样的要求，家人肯定做不到。于是支撑他们留下来的，只剩自己坚强的决心和自信。

知道我们来自香港，坐在他们旁边的老婆婆把她自己做的饭团、从家里面带来的栗子都推到了我们面前。一位年轻的日本牧师很认真地坐在我们面前对我们说，很感激我们的到来，对于他们来说，这是一种莫大的支持。而此刻的我，不知道应该怎样回应他们，我们毕竟也只是暂时停留，很快就会离开，而他们，即便现在是安全的，但至少还要在未来的一段时间内面对种种的不确定因素。最让我感动的是，那几个中国学生也很认真地告诉我们，如果最后要撤离的话，他们希望和当地人一起有序地离开这里。

为了帮助重灾区的中国人离开，中国驻日本大使馆以及新潟总领馆于15号安排了20多辆大巴士，分别到四个重灾区——岩手县、宫城县、福岛县以及茨城县接载中国人到东京的成田机场和新潟机场。由于预计第一批就会有1000多人抵达新潟，总领馆在新潟政府的协助下，找到了一个临时安置中心。

我们从仙台赶往新潟，终于在第一辆大巴士抵达前赶到。临时安置点很大，可以容纳数千人，但是对于总领馆来说，最困难的还是物资，因为要在短时间内准备好那么多毛毯、垫子并不容易。好在新潟政府替总领馆采购了不少物资，对于新潟政府来说，要面对三四万名从福岛以及宫城这些周边省份转移出来的日本民众，他们对这些物资同样有着大量的需求。

第一批抵达民众当中的200多人，在第二天就坐上了从新潟回上海的航班。虽然去机场的路上，很多人还并不清楚票价，但是能够离开就已经让他们感到非常兴奋了。在外交部的协调下，这些民众最后用全价三分之一的价格坐上了飞机，这比那些住在东京只能用全价买到机票的中国人幸运多了。不过，这些陆续从周边重灾区抵达的人里面，很多都是研究生，也有劳务工，平时的收入就不高，要让他们一下子掏钱来买一张全价一万多人民币的机票，当然是强人所难。我们在临时集合点遇到了好几个面色焦虑的中国女工，她们身上并没有太多现金，不知道接下来该怎么办，因为和其他在当地工作、学习和生活的中国人不同，她们只有一个选择，那就是回老家。

对于总领馆来说，要安顿这3000多人，住还算是小问题，关键是吃和饮用水。由于汽油紧张，物资运送也出了问题，重灾区不要说了，就连新潟也出现物资紧张的情况。还好在当地华人侨胞的共同努力下，政府准备好了充足的食品。为了帮助他们顺利登机，总领馆领事部的工作人员还把办公场地搬到了安置点，帮助那些护照过期或丢失的中国人现场办理证件。不过，也有不少新问题产生，在这些赶往安置点的人里面，有不少孩子的妈妈是中国人，爸爸是日本人，很多人还没来得及申请护照，需要花时间向日本政府解释、办理。也有不少中国人的签证过期了，我就遇到好几个人把我当成了使馆的工作人员，跟我询问签证过期的补救办法。

我们坐新干线从新潟到东京，抵达东京的那一刻起，就陆续收到不少电话，提醒我们要小心，当然是指小心东京的辐射。从政府公布的数据，以及我们自己每天用专业仪器测量到的数据显示，辐射虽然比以往要高不少，但是依然在正常水平之内，甚至比香港以及国内的一些城市还要低一些。

如果说东京和以往有什么不同，那就是它不再是座不夜城。不少商店晚上6点钟就关门了，一切都是为了节电。而这场地震、海啸造成了东京电力公司名下的发电机组出现故障，从而导致供电不足，以至于在大东京圈都要实施轮流停电的措施。除了提早关门，不少大型商场也采取节电措施，比如电梯只开一部，有的车站的扶手电梯全部关闭等。也因为这样，即便是在新宿和涉谷这样的闹市区，到了晚上，人也少了很多，但还是能够看到一些年轻人在寒风中卖力地派发着传单，有些电器店还坚持到晚上十点钟才结束一天的营业。

横滨的中华街，我们去的时候已经是地震后的第五天了，商店大部分都开门做生意了，那家著名的馒头店，门口时不时还会出现排长队的客人。来中华街的绝大部分是日本人，而这里的馒头店可是享誉全日本的。和店主聊，她回忆当时地震发生时的情景，她说，除了地震当天，其他的时间都正常营业，但是生意真的差了很多，而现在，她倒不是担心核辐射的问题，而是希望经济能够快点好起来，希望多一点人来中华街。

经历了多天的寒冷之后，日本关东地区气温明显上升，这对于重灾区来说是一个好消息。由于汽油不足，救灾物资无法及时用汽车运送到当地；没有燃油，寒冷的天气里也不能使用暖炉来取暖，十多名年老多病的灾民因此在避难中心死去。不过，随着好天气的到来，一些好消息也纷至沓来：仙台以及另外一个港口重开，这使得救灾物资的运送速度可以大大提高；为了解决汽油不足的问题，日本政府会进行南部和北部调配；中国也向日本提供了两万吨汽油和柴油应急。而最重要的是，福岛核电站的核危机处理终于有了一些正面的进展，电线接入了二号机组，冷却系统已经启动，美国的核处理专家也已经从美国出发，福岛核电站门口的辐射强度也在下降，国际原子能机构独立检测的东京辐射强度继续下降。

其实，即便没有这些好消息，即便核危机级别从四级上升到五级，也不会影响东京人过周末的心情。百货公司内依然人头攒动，咖啡馆、餐厅门口排起了长龙，在别无选择的情况下，生活在日本的人们淡定地生活着，这也是对自己负责的表现。

想起在千叶县遇到的一位 77 岁高龄的日本老人，他是一名老师，英文很不错。他向我讲述地震发生时候的情景，他说，经历过那么多次地震，这次让他印象最深刻。他问我这些天来对日本的感受，我说，觉得大家都很镇定、有序。他笑了，拍拍胸口，说其实这只是表面的，其实大家心里面是很害怕的。

看着他仔细地收拾好座位上的垃圾，放进自己的背包里面，和我们告别之后，他的背影渐渐消失在人群中。我想，人是在经历了一次次的灾难之后才会有这种表面的镇定吧？心中有恐惧并不是一件坏事，至少我们对于大自然，对于某些东西，或许还是心存一点敬畏之心的好，因为这样，才能够让我们保持居安而思危。

印度这一本书

我最后一次去印度是在 2010 年，回来之后就一直想写点什么，但是又觉得很难下笔。如果是其他国家，去了几次，总能找到一种感觉，但是印度不一样。我虽然去过好几次，也看过很多有关印度的书，甚至还有机会和印度的学者、同行们聊天，却总是对它找不到任何感觉。有人说，印度和中国很像，都是人口众多的国家，都有多民族、多语言、多宗教，都是东方的文明古国。也许正因如此，对于一个外国人来说，短短几次中国之行，即便是读再多关于中国的书籍，如果没有机会在这个国家好好生活一段时间，估计也很难对中国有一个准确的描述。

我在德里转一圈，发现似乎也就只有总统府、总统府门前的国家大道以及国家大道尽头的印度门还可以用壮观这个词来形容。走进印度国际事务委员会，不得不承认我有点惊讶，因为它的礼堂甚至还比不上中国大城市里面任何一家重点中学的礼堂规模。但是印度人显然并不在乎这一点，在这个小小的礼堂里，来自世界各地的政要在这里发表过演说，而他们之所以愿意来到这里，是因为他们看重的是印度这个国家本身。

德里算不上干净，只要车子在红灯时停下来，总会有人过来在车窗外乞讨，其中不少人还怀抱婴儿。到了夜晚，你在街边会看到披着毛毯的街童在烧火取暖。对于习惯了从城市外观来判断一个地方贫富的人来说，这样的场面，或许只会让人联想到贫穷，看不到希望和前途。也正因如此，当越来越多的人把印度和中国放在一起比较的时候，有的人就觉得无法接受，甚至有点天方夜谭了。

只是，这个地方还是有很多不能被忽略的地方。无论你打开电视机还是报纸，头条几乎全是关于政府和政党的丑闻。除了印度本地的电视台，CNN、CNBC、StarTV 等外资媒体全部在当地设有本地化的频道，英文的、印度语的都有。充满活力的媒体让人感觉，至少在这个国家，媒体充当政府的看门狗以及资讯传播者的功能发挥得还是相当充分的，而这对于公众来说，也确保了资讯的透明以及充分。从某种程度上来说，这也使得公民的权利不容易受到损害，确保了政府不滥用权力。

去胡马云墓参观，我发现外国人的门票价格是当地人的 25 倍，也就是说，当地人用几乎免费的价格，就可以参观这个被列为世界文化遗产的旅游景点。其实，印度所有的景点几乎都是这样。这倒提醒了我：印度除了有贫民窟，也是穷人享受福利的地方。印度的公立医院全部都是免费的，1949 年，印度通过的第一部宪法中就明确规定，所有国民都能享受免费医疗。

或许，我还是要提醒自己，不能够用一个国家的外表去判断一个国家的内在。如果用数字说话，面对亚洲金融危机，印度并没有像中国那样拿出 4 万亿出来刺激经济，但是依然取得了 6% 的经济增长。虽然印度落后中国 10 多年，但是不要忘记了，印度的经济改革从 90 年代初才开始。

而且，国家之间的比较，除了经济规模，还要看软实力。印度有不少诺贝尔奖获得者，还有奥斯卡奖得主。过去，这里有泰戈尔；现在，这里有宝莱坞。所有这一切，让印度这本书显得相当耐读，也必须好好去看一看。

全世界让人头痛的塞车问题

在越南河内，一到下班的时候，马路上的摩托车群就好像潮水一样，而在这潮水当中，还有不少私家车。有趣的是，两种车辆相安无事地在狭窄的马路上慢慢前行，就算我坐的出租车一个刹车不及，把前面骑着摩托车的女孩撞倒了，对方也只是爬起身，拍拍身上的灰尘，扶起倒在地上的摩托车，踩了发动机，又缓缓上路了。整个过程中，没有人说一句话，那个女孩、出租车司机和周边其他骑着摩托车的人，都看也不看一眼地继续寻找着马路上的空隙穿行而过，只有我和同事瞪大了眼睛，觉得眼前的场面不可思议。最后，我们的总结是：他们习惯了。

这是 2010 年。可以想象，这个城市的车辆，势必会随着经济的发展而越来越多，就好像摩托车群飞快地取代了几年前如潮水般的自行车群一样。这让我立马想起蒙古的首都乌兰巴托，也是在两年的时间里，前不久我再去的时候，从机场出来没多久就已经遇上塞车了，市中心原本两车道的路也变成了四车道。交通灯显然是没有用的，只能依靠站在马路中间的警察，也因为这样，警察显得颇有气势，如果看你不顺眼，随时会把你撂在一边。越南除了有满街大大小小、新新旧旧的车，还有随意穿行马路的行人，甚至有牧民用来代步的马匹。印象最深刻的是，原本五分钟的车程，我们花了一个半小时才完成，而原以为采访会迟到，结果主角们也遇到交通堵塞来晚了。

2010 年的成都，塞车同样也是让人头痛的问题。司机听说我是星期一早上的机票，让我提早 3 个小时就从市中心的酒店出发，以避开早上的高峰时间。我真的不相信堵车会如此严重，因为我在 2008 年来过成都，在我印象中，这个城市的交通还算正常。听司机解释，才知道这两年成都的汽车拥有量迅速提高，于是，堵车也开始成为这个城市的新问题。

不过，在 2010 年的北京，堵车对于北京人民来说似乎已经不算什么问题了，因为太常见，也习以为常了。尽管如此，对于越变越糟糕的状况人们还是感到不满，只是，有解决的方法吗？

王石在他的微博上感叹：为何香港可以不塞车？作为一个在香港生活的人，同时也是有车一族，我想了想，觉得有以下几个原因：

首先，香港的道路设计还是非常科学合理的，这一点，对于河内和乌兰巴托来说几乎望尘莫及，它们和北京以及成都不同，它们的城市道路规划甚至还没有开始。那么对于已经展开规划建设的城市来说，当年在设计上存在的问题，现在已经开始显露，但是道路很难再推倒重来，所以能够做的，只有从道路上的汽车入手解决问题。

香港的特点是公共交通网络发达，停车位少而且贵，加上汽油费，计算了时间和金钱成本之后，大多数人就会选择公共交通，甚至是坐出租车出行。这点和纽约一样，停车的昂贵代价已经让一部分车主望而却步，伦敦和新加坡则有进城费。中国的城市当然也可以这样做，但是这似乎又和推动汽车产业有些矛盾。

最后，也是最重要的，马路上的汽车需要遵守规则，因为争先恐后只会造成更大的拥堵，甚至会引发交通意外，结果所有人会浪费更多时间。只是很多人不懂这个道理，总想争取眼前那个空当，以为可以为自己争得更多一点时间。

越南点滴

2008 年去过越南，两年之后再次来到这里，发现河内已经有了不少改变。街头身穿白色传统越南服装、骑着自行车的女孩子的身影已经看不到了，取而代之的是摩托车汇集的车流。传统装扮只能在酒店餐厅这些服务行业的员工身上看到。河内变大了，在旧城周边的新区，看着那些高楼大厦，一不小心，会以为自己身处中国的某个城市。

在经济上向中国学习，是这个国家的一个目标，而且也是一种可能。中国在过去 10 年的经济高速增长现象，已经出现在河内这个城市身上。大量的外资，让这个地方在未来 15 年，有希望每年达到 25% 的经济增长。

从机场到河内市中心，一路可以看到农田的面积在减少，很多原来的耕作农民，现在都转而成为产业工人。但是拿河内来说，到目前为止，这里不但没有市中心大规模的拆迁，反而可以看到政府加强了对老城区的保护，这让不少人认为这个城市缺乏好的基础设施，但其实，这让河内保留了自己的特色，而不是变成又一个面目模糊的现代化城市的模样。在河内的市区，依然有大量的公共空间没有被私人发展商的项目所蚕食。法律对于个人财产，比如房产的保护，让当地民众至少到目前为止，没有因为城市的发展而失去自己的家园。如果说社会主义的优越性在于让人们都可以通过努力，通过社会提供的机会，而拥有自己的私产，那么保护个人财产不受侵害，不正是政府的责任所在吗?

我对于越南的最初印象,来自于香港的那些越南难民。从70年代开始，香港作为第一收容港,收容了大约20万越南难民,其中大部分是越南华人。他们当中的一些去了第三国，在法国巴黎就有一个越南社区，那里有好吃的越南河粉，经营者就是当年从越南逃难出来的人。还有一些人留在了香港，成为香港人的一部分。香港最后一个难民营在2000年关闭。

之所以要逃难，是因为1975年北越统一了越南之后，开始没收富人的财产，而南越的富裕人家大多又都是华人，他们掌握了大部分财产，因此当时逃离越南的，很多也都是华人。不过这和70年代末针对华人的种族清洗不太一样，70年代末80年代初是香港收容越南难民的高峰期。

革命带来财富的重新分配，对于穷困且一无所有的人们来说，当然具有吸引力，这也是北越最终能够统一越南的原因。对于大多数一无所有的人来说，总希望有一个能够为自己带来更好生活的新社会，可以拥有积累财富的机会。而社会主义吸引人的地方就在于，社会会为每个人提供公平、公正的机会，没有剥削，没有压迫，人人平等。

实践证明，绝对的公有制和平均主义不能够给人们带来富裕的生活，那只不过是乌托邦式的一种理想，这也是社会主义国家要进行经济体制改革的原因所在。但是实践同样证明，一个好的社会制度，除了为人们提供相对均等的机会，并且对人们生活的基本需求，如医疗、教育、住房以及温饱等给予保证之外，还应该有能力保护好个人财产。政府的责任是要抑制资本的贪婪，消除贫富的距离，带动社会共同富裕。而这些，不也正是社会主义展现在民众面前的理想景象吗？

国富是否一定能够带来民强？这需要从制度上保证资源分配的公平。说到底，我们追求的社会主义不就是为了人民吗？国家的富强最终不也是为了人民，要让人民的生活更加美好吗？

旅游，旅行和度假

2000 年我来过一次华欣，那个时候，这里还是一个几乎什么都没有发展起来的海边小城，可以逛的地方也就是从酒店走出去的一条海边小街，街上有一些酒吧和餐厅。我还记得自己坐车从曼谷出发，看到道路两旁都是农田，好一派宁静的田园风光。

十年之后，我从曼谷出发，沿途再也看不到广袤的农田，取而代之的是路边的厂房、住宅，如果不是泰文的标志，还以为自己经过的是深圳附近的那些小镇。当然，是那些小镇差不多十年前的模样。

华欣也完全不同了，还没有进入市中心，已经可以看到马路两旁的房地产广告，价格非常吸引人，海边的一栋别墅，算下来不过七八十万人民币。当然也有更贵的，300 万港币一栋，每年有固定的回报，和普吉一样，不住的时候，管理方会负责帮你租出去。和十年前不同，这里已经是一个城市的模样了，马路上车水马龙，沙滩边的酒店度假村一个接着一个，司机很骄傲地指给我们看一个个巨大的商场，从肯德基到星巴克，还有汽车展览馆，一应俱全。

华欣的交通不算便利，从曼谷到这里，要么坐三个半小时的车，要么坐火车，巴士则需要中途转车，所以这里不像芭提雅或者普吉那样商业化，来的旅行团也不多，大部分是一家人来度假的。也因为这样，这里酒吧不多，倒是有不少装修颇费心思的西餐厅、咖啡馆，走几步就可以发现一家不显眼，但是显得非常温暖的小店。路边有好几家干洗店，还有诊所、便利店，这些，都显得这里是一个适宜居住，而不是旅游、走马看花的地方。

虽然是复活节假期，酒店的客人也不算少，但是沙滩并不拥挤。不少人在那里玩吊伞滑水，如果骑马的话，居然可以走到市中心的马路上。因为是周末，沙滩上开了好几个露天市场，旁边就是大排档，很是热闹。其实整个城市就是沿着海滩的一条延绵几公里的直线，傍晚的时候到处走走，可以经过马路边那些小摊档，那里摆卖各种街边小吃。不过我最喜欢的，是几乎每栋建筑外面都会种的花草树木，白色的鸡蛋花，从浅红到深红，配上鲜黄、奶白色的外墙，看得人心情也灿烂起来。

身边有不少朋友，每到放假的时候就会去海南，我总是不停地游说他们到泰国来度假，主要是出于性价比考虑，因为我觉得，既然在泰国可以花更少的钱，享受到更好的服务，何乐而不为呢？因为不管是机票，还是酒店、饮食，甚至是做 SPA 和逛街购物（每次到泰国，那些家具、餐具都让人爱不释手），以及服务的质量，都能够保持令人满意的水准。

我当然不是说海南不好，每一个地方，都有刚刚开始起步的时候，我只是想不通，既然才起步，价格为何如此之高？不管是当地的楼价，还是其他的旅游设施都是如此。

朋友去了一次三亚，热爱海上运动的他感叹，除了那几家五星级豪华酒店，就找不到像样的海上运动服务，不像在泰国，不管是海上运动的装备，还是教学，都已经形成了非常成熟的产业。对我来说，在三亚的烦恼是，走出那几家五星级酒店就开始发愁，不知道自己还可以去哪里。而那些酒店的饭菜虽然又贵又不好吃，但是总好过到外面吃大排档，冒被斩得一脖子血的风险。

泰国普吉的皮皮岛上有不少水上运动中心，经营这些中心的都是一些热爱水上活动的老外，他们喜欢上这个地方之后就留了下来，顺手把爱好做成了生意。这些服务又开始吸引更多的爱好者，使得这个地方慢慢成了游客的必到之处。这样的地方很多，比如华欣，留在这里生活的老外们把自己的生活方式也顺手带了过来，把赚钱和享受生活融合在一起。而这些来自不同地方的外国人，和当地人一起，慢慢使这个地方形成了自己的一种特色。这些精品酒店和小餐厅，作为那些大型酒店和度假村的补充，不仅充满了生活气息，还可以满足那些对生活细节有追求的人。

海南则不同，海南是倒过来的，也因为这样，也就有了一步到位的野心。是否能够成功，或许五年、十年之后再来看，会对它更加公平一些。中国有喜欢旅游的人，也有喜欢度假旅行的人，而旅游和旅行其实是两种不同的概念，因此对两者的需求也就很不相同。正因为这样，海南的那些酒店里出现顶级名牌专卖店，也就不足为奇了。而海南把自己称为一个国际旅游岛，确实是再精确不过的定位了。

我的首尔假期

在首尔的最后一个晚上，我和家人一起走进一家刚刚开业的餐厅，拿着只有韩文的餐牌正在犯愁，这时，站在一边的女服务员开口讲起了中文。不过，我们对此已经见怪不怪了，因为在首尔的第一天晚上，随便走进酒店对面的一家韩餐馆，总能遇到一个会讲中文的女服务员。

我猜想那女孩应该是朝鲜族的中国人，在纽约的韩国餐厅，就有不少这样的朝鲜族工作人员。果然没有猜错，女孩来自黑龙江，朝鲜族人，她告诉我们，这家餐厅里面三分之二的女服务员和她一样都是中国人。

女孩来首尔几个月了，她说，在韩国打工比在中国辛苦多了，每天13个小时，没有休息时间，连吃饭都是站着吃完的。不过，每天会有5万5千韩元的收入，一个月下来，扣除保险，能赚到差不多150万韩币。就算现在韩元的汇率下跌，也差不多能够折合成人民币1万多块钱。

她说，她们都是劳务输出到韩国的，女孩子比男孩子要幸运一些，可以在餐厅工作，这种辛苦的工作，韩国的女孩子是不愿意做的。但是餐厅不会聘用没有身份的中国男性，于是来自中国的朝鲜族男人，绝大部分去了工地干体力活，因为那些工作也太辛苦了，愿意干的韩国男人也不多。

而且如果想留在韩国的话，这些中国女孩子还有一个途径，就是嫁给韩国人。“不过找不到好的，不是年纪大，就是穷，或者有残疾。”女孩说，她一定要回去中国。“你们知道吗？我们朝鲜族人越来越少了，所以现在如果要结婚，就要交给政府3000元的押金，生了第二胎后才能够拿回钱来。”

看着餐厅里忙忙碌碌的女服务员，说真的，要分辨出谁是中国人、谁是韩国人还真有点困难。她们相互之间也是讲韩语的，不过女孩告诉我们，朝鲜族的语言和韩语还是有不少差别，当然对她们来说，学起来、适应起来都要快很多。

第一次因为旅行来到首尔，有时间到处走走，也去了景福宫，虽然门票很便宜，但是走了一圈下来还是大呼上当，因为绝大部分建筑是重建的，也就和看《大长今》的拍摄片场没有分别。倒是旁边的国家博物馆还有一些真品，展现了这个500多年历史的朝鲜王朝。你会发现，越古老的记载，越没有疏离感，因为全部都是中文。倒是这些展品旁边的注解，都是韩语。博物馆里面有很多小学生，他们趴在玻璃前认真地听老师讲解，还不时地做笔记。想想也很有意思，对于这些历史文物，他们肯定还没有我这个中国人一目了然。很多人认为，韩国的民族主义很强烈，也难怪，想来和一个国家的历史有关，被压迫、被侵略过的民族，自然更看重出人头地。

到韩国朋友家做客，聊起中文，他感叹过去这些年，中文在韩国的报纸上已经看不到了，而在二三十年前他读书的时候，他们是要学习中文的，因为这体现了一个人受教育的程度。不过，已经为人父母的他，现在的打算是让还在读小学的儿女学习中文。他说，在韩国最重要的是要学好英文，对于这一点，因为他曾经把孩子送到美国两年，孩子的英文水平已经相当不错，接下来，就是要学习中文了，而这也已经成为一种趋势。为了孩子的将来，有能力的父母都愿意投资。他给我看女儿的中文练习本，学校教授学生中文的韩文意思以及韩文发音。“这样不行，所以我正在想，要把他们送到北京去读一两年书，我的很多朋友已经这样做了。”

朋友的太太和孩子刚刚参加完在美国的夏令营，小儿子在美国待了两年，刚回来的时候连名字都不会用韩文写了。而现在，最让他们烦恼的是让孩子继续在本地学校上学还是上国际学校。前者实在读得辛苦，因为学校要求太严；后者因为韩国人是不能够读本地国际学校的，这就意味着必须把孩子送到国外去。而这些孩子迟早也是要到国外去读大学的。

朋友夫妇的烦恼，听上去和我的不少中国朋友是一样的，都是为了子女的教育和将来考虑。有趣的是，他们有共同目标：一定要学好英文，而大学，是应该在国外念的。

韩国和中国相似的地方很多，比如，都很讲究场面。首尔到处都是很场面化的东西，比如江南区那一整条街的名牌商店，很有点模仿比弗利山庄的味道，而且要大好几倍。当然还有那些大百货公司和免税商店，以及号称是把名宅搬到一起的韩屋村。因为失去了走街串巷的乐趣，我也就变得兴趣索然。刚走上三清洞那条满是美轮美奂的西餐厅和 GALLARY 的小路，确实被风格迥异的装修所吸引，但是走完之后，再仔细想想，几十家餐厅一家连着一家，而且几乎都在卖意大利餐和华夫早餐，这难道不是件很奇怪的事情吗？终于想出一个最恰当的比较：不就是深圳的世界之窗和民俗文化村吗？只不过，后者要买门票。

那些刻满墙壁的名字

走进位于布拉格犹太区的平卡斯犹太教会堂（Pinkasova），首先映入眼帘的是白墙上密密麻麻的花纹，有黑色的，也有红色的。仔细一看，上面全部都是人的名字和日期，只是这些名字都是不完整的，除了出生日期相对完整，死亡日期有的少了月份，有的少了天，还有的干脆只是一个问号，表明死亡日期不详。

这些都是在二次大战中，捷克斯洛伐克在德国入侵时成立的波希米亚和摩拉维亚保护国中死去的犹太人的姓名。当时在这个区域中有大约18万名犹太人，当中2万多人离开了自己的国家，背井离乡，剩下的8万人死在了集中营里面，其中4万人是布拉格的居民。墙上刻着的，正是这些死难者的名字。

这些名字是50年代后期刻在这几面墙上的，为的是纪念这些死难者，告诉我们这些后来者，那些死去的人曾经在这片土地上生活过。而正是这些密密麻麻的名字和日期，让一场遥远的大屠杀变得不再虚幻。因为一个名字，就代表着一个实实在在的生命。

仔细看，有一块墙壁的顶端和其他墙壁不同，上面有部分人的名字被抹掉了，剩下来的也显得残缺不齐。原来在 1959 年，捷共政府关闭了这个地方，并且清除了墙上的部分名字。犹太人经历了纳粹的种族清洗，但是在捷共统治时期，依然遭到打压。卡夫卡因为是犹太人，他的作品当时就不允许公开出版。直到 1989 年之后，这个地方才重新开放，马路对面才有了用卡夫卡名字命名的咖啡馆和小商店。

走上二楼，映入眼帘的全部都是小朋友的画作。这些是当时被关押到泰瑞辛集中营的孩子们的作品，足有 4500 多张。让孩子们画这些画，是因为大人们希望，艺术能够创造一个和残酷的现实不同的精神世界。看着眼前的这些图画，虽然可以感受到孩子们的恐惧和不安，但是更多的，却还是快乐。那个时候，15000 多名孩子被送到了这个中转集中营里，然后又被送到不同的集中营，很多都死在了集中营的毒气室中。但是在他们活着的时候，大人们总是尽最大的努力保护着他们，虽然这种努力最终还是显得那么的无助。

在这些孩子当中，有一个叫做汉娜·布拉迪的女孩子，她不到 10 岁就进入了这个集中营，在她 13 岁生日前，她被送到了奥斯维辛集中营，几个小时之后，又被送入了毒气室。一只伴随她转入奥斯维辛集中营的小皮箱被保存了下来。2000 年，这只皮箱被送到了东京的大屠杀教育资料中心，中心的负责人，一名年轻的日本女性，辗转找到了汉娜幸存的哥哥。而随着这段传奇被揭晓，汉娜的故事也被一名加拿大记者写成了小说 “HANA'S SUITCASE”，中文译本《汉娜的手提箱》。于是，集中营里的孩子们的生活状态才详尽地展现在了世人的面前，提醒着人们要记住人类历史上的惨痛教训，记住宽容与和平的重要性。

这几面刻满了名字的墙壁，还有那些孩子们的画，包括汉娜的故事，都是饱含着悲惨和苦难经历的实实在在的证据。有些人觉得，这些都是人类不堪回首的过去，如果不断被重提，只会给人们带来更多的悲伤。但是历史却一直在告诉我们，如果遗忘或者缺乏自省，人类就会一次次地重复曾经的错误，而受害者更是会以正义的借口，用更残忍的手段去报复当初的施害者，手段甚至有过之而无不及。

泰瑞辛曾经是纳粹迫害犹太人、政治犯以及战俘的集中营，但是在纳粹投降之后，这里又变成了德军的战俘，以及生活在捷克斯洛伐克的德国人和德意志人集中的地方，这当中也有孩童和长者，在这里遭受同样不人道的待遇。从 1945 年 8 月波茨坦会议开始到 1947 年 10 月，被强行遣返的德国和德意志人以及从波兰中部地区被驱逐的德意志族人总数达 110 万，而从捷克斯洛伐克被驱逐的就有 290 万人，从匈牙利、罗马尼亚、南斯拉夫被驱逐的合计为 70 万人，死于逃亡途中的德意志人估计超过了 10 万人次，这还不包括在东欧各国被折磨、杀害而致死的人数。

德国领导人为二战道歉，捷克和匈牙利的领导人也为曾驱逐德意志人的行为道过歉，虽然还有一些国家在坚称这是正义的复仇，但是大部分欧洲领导人都有这样的共识，即“欧洲人应该共同重新评价和记录发生在 20 世纪欧洲的一切迁居、逃亡和驱逐事件，让公众了解它们的起因、历史背景和多方面的后果，而所有这些只能在和解和友谊的精神下实现”。

我的青岛记忆

我对青岛这座城市有着特别的感情，因为自己第一次出远门，去的就是青岛。那还是在我上高中一年级的时候，参加上海市组织的一个夏令营活动。那个年代，到外地去旅游是件非常稀罕和奢侈的事情。如果不是因为不需要自己负担来回交通和食宿的费用，我也没有这个机会去的。毕竟，如果自己掏腰包，对家庭也算是不轻的经济负担。

一群来自不同学校的中学生，虽互不相识，但也就是一会儿的工夫，大家在甲板上吹海风，聊天，兴奋得都不舍得睡觉，担心自己错过了看日出的机会。记忆中的青岛是座非常漂亮的城，有很多别具一格的德式建筑，到现在我对那儿的一座天主教堂，还有即墨路的小商品市场都还有着模糊的记忆。对即墨路有印象，倒不是因为那里售卖的东西，而是因为这条马路的名字。习惯了北京路、淮海路、南京路……“即墨”这两个字，似乎显得优雅而特别。当然，还有栈桥，我和几个刚刚相识的好朋友，曾在那条栈桥上走过来走过去，大家仿佛有讲不完的话。

不知道是不是海风的缘故，还是这个城市的那座栈桥的原因，当时在一群好友里面，自己竟暗暗喜欢上了一个大男生。遗憾的是，一回到上海，男生就告诉大家自己要去美国读书了。于是生平第一次，也是最后一次，我写了一篇小说，还寄到了出版社。一段时间之后，接到出版社的大信封，稿子被退回来了，编辑还很认真地写了一封信，让我看看一个正当红的同龄作家的同类作品。我意识到，我那当小说家的梦想夭折了。

连着数日的阴雨天，终于在我们离开青岛的这天放晴了。虽然风还是很大，但是阳光灿烂。

经过中山公园，门口人头攒动，穿着校服的学生、戴着不同颜色帽子的旅行团……看到门口的大招牌，公园里正在举行樱花节，不过不需要到公园里面，站在青岛的路边就能看到满眼的樱花，深红色、粉红色……有的开得正旺，有的已经开始凋谢。走在路上，随风飘来蒲公英，整个城市洋溢着浓郁的春天气息。

突然有些想念北京，这个时候的北京，太阳也是暖暖的，那几条常去的小街，地上应该铺满了飘落的黄色花瓣。下午的时候，一个人坐在路边喝一杯咖啡，会有一种慵懒的舒适，而这种感觉，只有在四季分明的地方才能够感受得到，特别是在刚经过了刺骨冬天之后，这感受也变得分外敏锐。

八大关很安静，偶尔有一些来拍摄婚纱照的新人。蒋介石住过的小楼是这里唯一对外开放的建筑物，虽然有旅行团不断从这里经过，但是大多数人都只是在门口停留一下，进去参观的并不多。经过那些老建筑，很好奇现在到底是什么人还住在里面，就向出租车司机打听，她只知道原来是大官们住的，“现在的大官，都住到东边去了。”

司机说的东边，就是奥运风帆中心那边了，那里有五星级的酒店、豪华公寓，还有一座售卖顶级名牌的商场，商场很大，但却显得有些冷清。每次经过那里，依然很好奇，到底怎样的顾客才会来这里光顾？过去几天因为工作的关系，只能够在那座五星级酒店里面吃饭，偌大的西餐厅，客人只有十来个。第二天去中餐厅，算上我们一共才两桌。忍不住为酒店担忧：到底如何维持，何时能够收回成本？

满城都是房地产广告，快到机场高速的地方，密密麻麻的都是新建的住宅，不过仔细一看，有很多只有外壳，有的甚至只建造了一半。但奇怪的是，看不到一个建筑工人，没有一点点正在开工的迹象。

我觉得有些可惜，看了一圈，青岛的景色一流，但是这些新造的住宅，包括那些标榜的豪宅，设计得并不算精美，特别是从外观上来看，用料也不讲究，当然，价格并不便宜。倒是市中心的那些旧房子，如果能够好好地修缮一下，反而更能够显出这个城市与众不同的味道来。外墙看得出来是重新涂刷过了，但是仔细看看那些门窗，这些房子肯定没有得到应有的维护。这样的房子过去在上海也有很多，一栋小楼里面住着很多户人家，你从那些晾晒的衣物就可以看得出来。不过如今在上海，这样的房子可是身价翻了百倍，因为基本都占在城市的黄金地段上，一寸土地一寸金。旧区改造如果不是推翻重来，而是从恢复的角度来建设，花费的金钱可能会更多，因此政府一般不愿意去做这种无利可图的事情。

对于一个城市来说，很多时候，旧城区才是它最有价值的地方。除了有历史，还有代表性的风格。就好像上海，快速拆迁之后，终于明白旧房子的价值，有一些弄堂和老建筑于是就被保留了下来。

虽然有些老房子年久失修，有些可惜，但是青岛的老城区依然迷人。经过天主教堂，人们刚刚做完了礼拜出来，即墨路还在那里，只不过比印象中的要窄了很多。看到育才中学，也就是原来的青岛一中的红砖尖顶，想起当年的夏令营活动，我们就是住在一中的教室里面。晚上睡在门板上，女生们聊着各自的心事，一个晚上就不知不觉地过去了。

栈桥上的人很多，小贩也多。一块布铺在地上，一箱子的货搁在旁边，就是一个小摊子。我被小摊子上面蹦跳的小玩具吸引，摊主很认真地做示范，随着叫声，小公仔会跳起或者坐下，煞是可爱。结果，回到酒店，拆开包装，小公仔无论怎样叫都不会动弹。怪不得，十块钱三个，看的人多，却没有人买。想起来掏钱的时候，看上去很老实的摊主脸上露出了笑容，看来对方正在心里面暗笑：这个人真好骗。

知道我们来自香港，出租车司机非常兴奋，因为她马上就要去香港旅行。我告诉她，要购物，就去商场，千万不要去那些专门做游客生意，看不到当地人的地方。她很疑惑地看着我问：“为什么你说的和导游说的正好相反呢？导游说，一定要到他们领我们去的地方购物，要是去了别的地方，受了骗他们概不负责。”

怪不得香港那些一看就很不靠谱的所谓的免税店，却总是有旅游车一辆接着一辆地拉来成批的客人。中国太大，沿海地区的民众觉醒了，还可以向内延伸。唉！信息不对称，总有人在当中混水摸鱼。

上海和孟买的国际化努力

一部《贫民窟的百万富翁》把印度的贫富差距展现在大家的面前。第一次去孟买是在 90 年代末，当地的好几个外交官告诉我这样一件事情：孟买的市长一直认为，孟买是亚洲国际大都会，是上海无法比拟的，但是当他第一次抵达上海，坐在飞机上看到上海的时候，他就哑口无言了。

听完之后，我当时觉得这个孟买市长也实在是过于自大了点儿，真没有见识，孟买和上海来比较的话，差得实在不是一星半点。我对孟买有着这样的印象：贫民区，无法让人信任的食物和水，还有浑浊的空气、杂乱拥挤的交通。但是，随着我去印度的次数多了，加上对印度的了解逐渐加深，我开始觉得自己当时的印象也许过于武断了。城市之间的比较，其实不单单是看得见的高楼大厦和城市发展的规模，应该还有很多别的东西。

听过这样一场讲座，哈佛的一名印度裔教授和麻省理工大学的一名华裔教授，分别向美国的学生介绍两个国家的发展。那位印度教授展示给大家的，就是孟买和上海的图片。作为两个备受瞩目，而且已经无法避免地被放在一起做对比的国家经济中心来说，这两个城市的发展模式和速度，恰好反映了两个国家的发展模式。

这两个城市曾经有相似的地方，上海的棚户区和孟买的贫民窟一样，是外来移民和难民的聚集地。根据统计，1949 年年底，上海聚居有 200 户以上的棚户区总计有 300 多处，预计居民总共有 20 万户以上，人口达 100 多万，占到上海当时全部 400 万人口的近三分之一。解放前的国民党政府曾经尝试取缔棚户区，认为有碍观瞻，结果遭到了棚户区民众的强烈抵制，最终没有取缔成功。之后，从 20 年代开始，上海又推出了贫民住宅安置工程，但是根本跟不上外来人口的流入对住房的需求。棚户区的改造，是在 1949 年之后才成功进行的，关键是户籍制度限制了人口的流动，城市土地收归国有，这样政府才能够对现存的棚户区进行改造，而且这也显示出社会主义制度的优越性。而从棚户区搬入工人新村的人们，心里面充满了狂喜和对社会主义制度的热爱。

但是，孟买当局要处理贫民窟，没有户籍限制，法律允许公民自由迁移，而且公民在一个地方居住超过一定期限（一般是 20 年）就可以拥有土地。在这种情况下，要处理贫民区，可以说困难重重。商业机构如果要收购土地，常常需要面对冗长的司法程序。刚刚获得奥斯卡大奖的《贫民窟的百万富翁》在塔拉维拍摄的时候，拍摄场地突然出现了一道 12 米的高墙，导演知道如果要打官司，至少需要六七年的时间，所以干脆把这堵墙当成了影片里的背景。就算是政府为了政府用地征地，也会遭到激烈的反抗，导致流血事件频发。

那位教授让大家思考的问题是：到底是需要上海的速度和效率，还是需要孟买的民主和自由？他也讲了一个笑话，外资到上海投资，认识市长就一定没问题，但是要到孟买投资，认识市长也是白搭。台下对此的争论很多，有的认为，为了取得经济的发展，牺牲一些群体的个人自由和权益是必需的，而在经济发展到一定程度的时候，可以对这些人进行补偿。孟买的发展速度远远落后于上海就是一个最好的例子。反对者认为，如果不能够保护每一个公民的权益和自由，这样的发展是不可持续的。

孟买的贫民窟，依靠手工、垃圾回收等产业，产生了6亿多美元的效益。而贫民窟也为附近的金融服务中心提供了最底层的服务人力，比如茶水工、清洁工等等。其实他们充当的就是中国城市里面那些外来务工者的角色，他们提供的是城市运作不可缺少，但是城里人又不愿意做的工作。只是这些劳务工要面对的问题是，他们无法通过自己的劳动付出，最终成为这个城市的一分子，他们最终还是要回去的。这点让人想起了当年南非政府“有秩序城市发展”的政策，当城市需要黑人劳工的时候，他们进入了城市，不需要的时候，他们又必须回到自己的部落。从这点来说，印度贫民窟里的人们要幸运得多。

不过，对于孟买的官员来说，上海现在成了他们要努力看齐的目标。政府从2004年开始，提出了一项30亿的新发展计划，让在2000年前来到贫民窟的居民搬到政府统一建造的公寓里面。不过这项计划遭到了抵抗，还引发了大规模的示威以及媒体的批评，加上这场金融危机的洗涤，计划暂时被搁置了下来。

我们通过电影《贫民窟的百万富翁》看到，不管媒体如何强调，贫民窟里的人们是如何的满足和快乐，这样的生活水准绝对不是这些贫民窟里的民众所期待的。他们努力工作，就是为了能够让生活有所改善。但是，如何在发展和保障民众权益之间取得一种平衡呢？如何在效率和自由之间取得一种平衡呢？有没有一种不同于上海和孟买的中和的发展模式呢？

马德里的努力

抵达马德里已经是晚上 11 点多了，市中心依然车水马龙，马路两旁的餐厅灯火通明，坐满了客人。我们从伯尔尼安静的小城，到飘着雪花的萧瑟的柏林，最后来到马德里，感觉不单单是天气变得温暖了，还有城市的那种活力感也非常明显。第二天从当地人那里才知道，11 点吃晚饭对当地人来说是再正常不过的事情，一般餐厅都会营业到凌晨 1 点钟左右。当然还有那些小巷子里面的酒吧、咖啡馆，晚上 11 点对它们来说，生意才刚刚开始。

我自己一直希望有机会到西班牙看看，之前几次都是在西班牙周边的岛上转机。不过我的朋友们，不管他们自己去没去过，都会劝我说，不要去马德里，去巴塞罗那就可以了。因为这样的原因，让我对于前往马德里，说实话，心里面有一点点抗拒。不过夜晚的这股生气，还有市中心那些古老的建筑，简直把人都看呆了，这使我完全忘记了朋友们的忠告。

对西班牙产生浓厚的兴趣，当然是因为西班牙的建筑。如果去南美洲，除了巴西，其他的地方，包括拉丁美洲的国家，古老的建筑基本上都是西班牙式的。就好像作为世界文化遗产之一的古城，秘鲁的首都利马，就是以西班牙留下的古老建筑居多。在美国加州，除了统一的购物中心式的建筑小镇，最值得流连的，就是那些遗留下来的西班牙式建筑了。

除了建筑，还有语言。算了一下，以西班牙语作为官方语言的国家超过 20 个，应该是排在英语和法语的后面，但是如果说人口，可能要比法语还要多。因为这些年我自己经常出差到美洲地区，总是觉得很遗憾，如果懂得西班牙语的话，一定能够更好地感受和了解这些地方。如果要下决心再学习一门外语，我一定会选择西班牙语。当然，还有西班牙的音乐、舞蹈，以及饮食，tapas、海鲜饭……都是让人着迷的东西。

马德里的天空湛蓝如洗，阳光暖暖地照在人身上。听当地人介绍，这是一个阳光城市，一年里有 200 多天都可以看到阳光。傍晚的时候，站在首相府的草坪上等候拍摄欢迎仪式，一抬头，一群大雁排成人字形从头顶上飞过。我很兴奋，因为这是我第一次看到北飞的雁群，之后看到的，都是在电视镜头或者照片上了。雁群飞起来充满了节奏感，在天空从容不迫地移过。

不过，作为外人，看一个地方总是和当地人眼光不同。当我在那里赞叹着满街满巷的古老建筑，被眼前的雄伟和绚丽所震撼的时候，一位刚刚认识的西班牙同行笑着说："漂亮？你看到的只是市中心而已。"

不过他说得也没错，因为想去看看当地著名的华人批发市场，结果去到了马德里的市郊。出了市中心，这个城市就和其他地方没有任何分别了，高架桥、散落的楼房，毫无特色可言。那些建筑是西班牙辉煌的过去，而这些凌乱简易的建筑则是这个国家的现在。作为外国人，我们沉醉在古老的历史里面，而作为在这里生活的人，只希望现在的生活可以更好一些。

马德里市郊的华人批发区，面积和中国大部分的工业区差不多大，安静得出奇。走进其中一栋，竟然一个顾客都没有，只有百无聊赖的店员。年轻的中国男女，看上去20出头的样子，一开口，听得出是浙江口音。在西班牙的华人虽然算是第四大移民团体，但是他们中拥有合法身份的也就是14万多，占西班牙总人口的千分之三。70年代来的中国人已经算是老华侨了，而来自浙江温州和青田的就占了七成以上。

因为金融风暴的原因，这里的生意一落千丈，一方面是人们收紧了口袋，另一方面，欧元贬值，也让这些来自中国的货品，相对价格变得昂贵起来。西班牙的失业率是欧盟最高的，超过14%，而且还有继续升高的趋势，人人自危，人们对这些日用品也就能省则省。反倒是中国餐馆的生意受影响不大，因为本身做的就是中低价的生意。

询问当地同行，因为看到报道，说一些当地的中餐厅歧视中国顾客，不肯打开门做他们的生意。对方澄清，个别是有，不过可能不是歧视，而是为了自保，因为有些中国顾客看上去面不善，餐厅老板担心他们如果知道自己生意好，就会招惹麻烦。

和当地华人聊天，不少人口中的西班牙算是一个穷国，不过这个穷国的年人均收入有28000多美金，是全球第八大经济体。这些年，西班牙政府开始有意识地推广西班牙和西班牙文化，塞万提斯学院就和中国的孔子学院有一拼，他们还在世界各地开设西班牙语课程，北京已经有了一间，接下来的目标是上海。

从“巴萨”这支球队开始聊聊西班牙

2009年，有几天在西班牙，大部分的时间都在巴塞罗那的街头闲逛。看了一场足球赛，跟着周围的球迷们一起大喊“巴萨”。

对于巴塞罗那人来说，这支球队对他们有着特别的意义，除了光荣和自豪，还有就是这个有着110年历史的球会，在20年代被认为是加泰罗尼亚主义的标志，也因此为球会带来了不少灾难。1925年，因为有一些巴塞罗那的球迷向西班牙国歌发出嘘声，表达对当时独裁政府的不满，结果被下令关闭主场6个月，那时候恰逢西班牙军官里维拉在1923年发动军事政变，实行军事独裁的时候。

1936年，西班牙内战开始后不久，巴塞罗那左翼主席被弗朗哥的士兵谋杀。1938年，弗朗哥的军队在攻击巴塞罗那的时候，在球会放置了炸弹。巴塞罗那被弗朗哥占领后，更是被下令减少会员人数，为的是让这个加泰罗尼亚主义的标志减少其影响力。

内战结束之后，在弗朗哥的统治下，加泰罗尼亚国旗和语言都被禁了，不过在俱乐部的运动场内，人们依然使用加泰罗尼亚语。1943年，在一场对皇家马德里的比赛当中，原来领先的巴塞罗那队，被弗朗哥政府的国家安全人员“提醒”，要“为了国家的荣耀而比赛”，最后皇马获胜。而皇马则是弗朗哥的至爱。

从这些事情中我们或许已经可以看出军事独裁统治对普通人生活的影响，更不要说对不同民族的生存和发展的影响了。西班牙的巴斯克独立解放组织，就是于 1958 年成立的一个对抗弗朗哥的地下反抗组织。弗朗哥统治时期的压迫政策，使得这个组织在当时获得了极大的支持率，但是之后，随着 1975 年西班牙开始向民主转型，他们的支持率也开始下跌，尤其是在 1997 年之后发生的一系列暴力行动之后。2006 年，巴斯克地区的民调显示，86% 的民众认为，各政党应该通过对话，而不是暴力来解决问题。

西班牙现在有 17 个自治区，从巴塞罗那所在的加泰罗尼亚，到马加拉所在的安达鲁西亚，都可以感受到这些自治区在税收上的独立性，因为税率和税项都不同。再比如，巴斯克地区有自己的议会，地方政府负责收取主要税金，能直接管理财政、税收、住房、环保、教育、卫生、治安等。

一直到 34 年前，西班牙走出了独裁，拥抱民主之后，巴塞罗那球队和巴斯克地区的民众才不再面临来自独裁政府的威胁和压迫。弗朗哥去世前指定了王位的合法继承人，胡安亲王的儿子卡洛斯接任国王和国家元首。由于担心胡安亲王会推翻自己的改革，而刚继任的年轻王子，又会安于现状地保持自己的这片天地。卡洛斯表面支持弗朗哥，暗地里却开始和反对党以及其他的自由派人士接触。

弗朗哥去世之后，卡洛斯马上进行民主改革，任命首相全权管理国家事务，开放党禁。1977年西班牙进行了第一次民主选举，1978年经过全民公投的宪法实施。1977年，为了国家的稳定，他的父亲胡安亲王宣布放弃自己的王位继承权，这使得卡洛斯成为王位的合法继承人。

之所以对西班牙历史文化有兴趣，是因为我觉得它和中国在一些方面很相似：两国都是农业大国，经济的腾飞也都是依赖劳动人口从农村向城市的转移，西班牙依靠的是旅游业，而中国依靠的是制造业；民族共融自治；还有一点，就是两国真正的改革开放都发生在30年前，西班牙则比中国早了3年。

现在的西班牙是一个欧洲福利型国家，经济总量全球排名第八，2007年的人均购买力达到了33600美元，比意大利、日本、法国还要高。从2006年开始，受到全球房地产蓬勃发展的影响，国家的建筑业占了GDP的16%，建筑业工人占了就业人口的12%。正是因为这样，金融危机使得当地的房地产业受到严重影响，失业率也急剧升高。看了看巴塞罗那市中心的房价，基本都在4000欧元一平方米左右的价位，当地人说，这已经比去年下跌了二三成，如果算上欧元汇率的贬值，下跌的幅度还要更高。

尽管这样，街头咖啡馆还是坐满了晒太阳、聊天打发时间的西班牙人，一个当地的老人对我说，什么都不怕，只要不打仗。经济周期，升升跌跌，大家自可选择泰然处之，但是暴力带来的动荡，却是人人都避之不及的。

我的利马见闻

和大家分享一下 2008 年，我在秘鲁首都利马采访亚太经合会议的一些有趣见闻。

利马是一座漂亮的城市，海岸线、西班牙殖民时期留下的古老建筑，特别是在总统府周边的老城，都显得风光无限。晚上去了一家叫做“西班牙玫瑰”（la rosa）的餐厅吃饭，餐厅坐落在延伸到海上的栈桥上，可以看到海浪一波接着一波。坐在餐厅里面，脚下就是大海，听着海浪拍打的声音，最开心的是在餐厅里还不需要斯斯文文、小心翼翼地讲话。这家餐厅应该算是利马最著名的一家餐厅了，因为我们吃到一半的时候才发现，梅德韦杰夫就在我们楼上用餐，而巴布亚新几内亚的总统就坐在我们旁边一桌。不过还是小梅受欢迎一些，离开的时候，旁边的美联社记者大叫他的昵称：Micky。他酷酷地向大家挥挥手，在保镖的簇拥下扬长而去。

开会期间，我们行走的路线只有两条：从我们住的酒店到代表团住的酒店，从代表团住的酒店到会场。星期一的中午，终于有时间在利马街头走走看看了。进入老城要很有耐心，因为交通堵塞，老城的狭窄马路，承受如此繁忙的交通和流量，就显得吃力了不少。

在等候红绿灯的街口，有乞丐开始出现了，他们手里拿着包糖，或者其他小商品，开始挨个敲打车窗。这样的场景对我们来说并不陌生，在其他一些发展中的城市也很常见，比如曼谷街头卖花的小孩子、中东那些国家在车流中穿梭乞讨的妇女，还有非洲、亚洲的一些城市里，那些抢着帮你擦车窗的老老小小。

我坐在星巴克门口，一边享受着午后的阳光，一边利用这里的免费网络传送画面。会议期间这里成了我们的临时工作根据地，因为位置正好就在中国代表团下榻的酒店对面。能够来这里的星巴克消费的，都算是在这个城市过着上等生活的人，看看他们开来的车就可以知道。我很奇怪地发现，星巴克门口多出了一个保安，原来是专门负责驱赶那些向顾客乞讨的小孩子的。会议期间，这个地方是封锁区，除了代表团和封锁区内豪宅的主客，其他人根本进不来。人们悠闲地聊着天，喝着咖啡，对于那几个乞讨的孩子，还有在门口巡逻的保安，人们已经习以为常了。

每次一听到要去南美洲，我就会头皮发麻，因为在飞机上花费的时间非常长，加上转机的时间，最少也要将近 30 个小时，来回就要花 3 天的时间。不过对于投资南美洲的中国企业来说，路途遥远并不是障碍。和一些这次来开会的中国企业家聊天，他们觉得，最让他们担心的还是当地的基础建设条件以及不稳定的政策。从风险上来说，如果政策不能够保证可持续发展，基础条件不能够保证企业的安全发展，这个地方的投资吸引力就会大大减弱。

和四年前来秘鲁相比，我发现当地的很多基础条件已经有了很大的改善，比如电信。四年前来的时候，所谓的漫游其实只能够打出去，别人打不进来，而且电话费奇贵无比。我还记得四年前到南美洲几个国家走了一圈采访，结果捧回了一张十几万港元的电话单，公司当然很不高兴。对于投资者来说，如此高昂而且还不优质的通信服务，确实让人头疼。这次我发现，至少从通信、网络等方面来说，都有了很大改善。

在利马市中心，发现电信公司和银行门口大排长龙，司机告诉我，人们不是在缴费就是在办理其他银行手续。这样的情景同样不陌生，因为三年前我在北京常驻的时候，最害怕的就是去银行，排队一两个小时是寻常不过的事情。看来，成本不单单是金钱上的，还有时间效益、办事效率等多方面的考量。就好像办理 APEC 证件，之前每一次会议，新闻中心都是 24 小时服务的，但是这次在利马，工作时间严格遵守朝九晚六，过时不候，而且领证的时间还需要预留很多，对这些工作人员的办事效率实在是需要准备很多的耐心。

从这一点来看，中国之所以吸引外资，也是因为对于投资者来说，基础建设服务和工作效率，以及这些年来政策的稳定性，都是具有相当吸引力的因素。有港商告诉我，为了节省成本，他们把工厂搬到了越南。但问题是，表面上因为人工、厂租的因素好像便宜了很多，但每次都是为了能否准时交货而提心吊胆。有一次突击检查，发现原来工厂里面都没有什么工人在工作。所以，最后他还是决定回到珠江三角。当然，现在这样的代工商要回到广东，也不是那么容易的了，因为已经不受欢迎了。

仔细观察了利马街头的广告牌，最多的是 LG 广告，而那些汽车展示厅里韩国和日本的小汽车则平分秋色。当地也有一个中国商品市场，不过一看，全部都是廉价的小商品。